深い穴に落ちてしまった

イバン・レピラ

JN090288

深い森のまん中にある、深い深い穴の底。兄弟は空を見上げ、脱出の方法を思案している。土壁に階段をつくる。弟を肩にかつぎ上げる。どれほど見込みがなくとも、ふたりは生きなければならない。虫や木の根を食べ、泥水を飲む日々が綴《つづ》られるなか、やがて物語は不可思議な幻覚と、めくるめく謎で満たされていく——。なぜ章番号は素数だけなのか。幻覚に隠された暗号とはなにか。そもそも兄弟はなぜ穴に落ちたのか。ふたりが辿りつく結末は、驚愕とともに力強い感動をもたらす。現代版『星の王子さま』であり、“深い穴”で生きるあなたに捧げる寓話。

深い穴に落ちてしまった

イバン・レピラ
白川貴子 訳

創元推理文庫

EL NIÑO QUE ROBÓ EL CABALLO DE ATILA

by

Iván Repila

深い穴に落ちてしまった

セルヒオに捧げる

自由市場や自由貿易のもとにあっては、貧しい国々――
そして貧しい人びと――はお金持ちがいるから貧しいの
ではありません。
お金持ちを貧乏にしても、貧乏な人はおそらくいっそう
貧乏になるだけでしょう。

――マーガレット・サッチャー

ぼくが都市にやってきたのは混乱の時代、
飢餓の季節だった。
ぼくが人びとに加わったのは暴動の時代、
ぼくは彼らとともに反逆した。
ぼくの時はそうして流れた。
ぼくに与えられた地上の時が。

――ベルトルト・ブレヒト

「とうてい出られそうにないな。でも、絶対に出てやろう」

北には山脈が横たわり、海ほどもある湖がぐるりを囲んでいる森。そのまん中に穴がひとつ、口をあけている。深さはおよそ七メートル。でこぼこの湿った土壁には、木の根が混じってみえる。てっぺんのないがらんどうのピラミッドのように、穴は入り口が狭く、底が広くなっていた。ぽたぽたしたたり落ちる黒ずんだ水で、地べたには水たまりができている。遠いかなたから川へと流れこんでいく地下水が滲《にじ》みだしているのだ。水音をたてて弾ける泡が、ユーカリの香りを運んでいた。大陸プレートが圧力をかけているからか、たえず流れている柔らかい風のせいか、小さな木の根がゆらゆら揺れて回転し、まるで森がじわりじわりと世界を動かしているような、陰鬱《いんうつ》な踊りを舞っていた。

兄は身体が大きい。泥土をかき出し、壁に階段をつくった。けれども足をかけるたびに、階段はその体重を支えきれずに崩れ落ちてしまう。

弟は小さい。ひざをかかえて地面にすわり込み、すりむいたひざ小僧にふうふう息を吹きかけている。こうして血が出たりするのは、いつだって弱いほうが先って決まってるんだ。そんなことを考えながら、兄のすることを見ている。一回。二回。三回目の挑戦も失敗に終わった。

「痛いよ。骨が折れてるかもしれない」

「血が出ただけだ、心配するな」

外では太陽が弧を描いて山の向こうに消えていく。穴にもカーテンを引くようにして午後の影がのびてくると、ふたりの青白い頬、目と歯くらいしか見わけがつかなくなってきた。土壁に階段をつくる企《くわだ》てはうまくいかなかった。だんだん広がってくる日没の闇のなかで、兄は立ったまま、ベルトの輪に指をかけて、消えていこうとしている謎の答えを考えつづけた。

「立つんだ。おまえがオレの上に乗れば、穴の縁に手が届くかもしれない」

弟はぶるっと身ぶるいする。寒さのせいではない。

「あんなに高いところにあるんじゃ、無理だよ」立ち上がりながら言う。

兄は弟の手をつかみ、一気に背が伸びる大人ごっこでもしているように、ひょいと肩にかつぎ上げる。ふらついてよろよろするので、ふたりは壁によりかかる。上に乗って見上げてみると、どうみても手は届きそうにないことが弟にはわかる。

「ずっと上だから、ぜんぜん無理だ」

兄は弟の足を持ち、腕をいっぱいにさし上げてもっと高くした。

「どうだ？　これで届くか？」

「だめだよ、まだまだ」

「腕を伸ばしているのか？」

「あたりまえだよ！」

それじゃあしっかり落ちないようにしていろよ、兄はそう言い、ふうっと息をついてから獣のような雄叫びをあげると、脚が重さに耐えられるだけの全力をこめてえいっと飛び上がる。荒い息づかいが苦しそうなうめき声になり、ふたりは地面にくずれ落ちて、肘や背中を柔らかい土に打ちつけた。

「届きそうだったか？」

「わかんない。目をつむってたから」

夜の森は、かさこそする葉ずれの音に混じり、見えない動物たちがあげる得体のしれないざわめきが、生き物のように空間を埋めつくした。知らない世界にやってきた兄と弟は、乾いていそうな場所を探し、太い木の根に身体をあずけて、抱き合って横になった。ふたりとも眠れない。眠れるはずがなかった。

朝になると、穴のなかはがらりと色合いが違ってみえた。上のほうは、赤茶けた銅や褐色の筋、黄色っぽい枯れた松葉などが堆積《たいせき》した、乾燥した土でできている。下へおりてくると、湿り気を帯びて青みがかった黒のまだらになり、ところどころに出ている紫の木の根が、その先端をきらめかせていた。太陽は生あたたかく、あたりは静まりかえっていて、聞こえてくるのは鳥のさえずりだけだった。弟が押さえている手の下で、ぐうっと大きな音がする。

「腹がへった」

目を覚ました兄は首をまわし、ぼんやりした目の焦点をあわせる。アキレス腱から両目の視神経まで、筋肉をのばして麻痺《まひ》していた感覚を取り戻してから、兄は答えた。

「ここを出れば食えるよ。心配するな」

「でもほんとうに腹ぺこで、胃が痛いよ」

「ここには食いものはない」

「あるじゃないか。あの袋が」

兄は少しのあいだ黙っている。袋は泥のかたまりになった状態で、穴の隅に転がっている。ふたりともここに来てから、まだ袋には手を触れていない。

「あれに入っているのは、母さんに渡す食いものだ」硬い声で兄は言う。

弟は怒りとあきらめを浮かべて顔をしかめ、地面に手をついてから、壁につかまって立ち上がる。

苦しそうなため息をついた兄は、宣言した。

「出よう。いますぐに、ここを」

ふたりはしばらく手足を動かして身体をほぐしてから、太陽の位置からだいたいの時刻をおしはかり、大声をあげて助けを求めた。それから壁に手をはわせ、ひっかいて確かめながら、どこかに岩が出ていないか、硬いところはないか、穴が見つからないかを調べてみる。そうするあいだも、助けてと声をはりあげる。昨日やってみたことをまた試してみる。せいぜい何メートルか伸びあがるのがせいいっぱいで、地面にたたきつけられて終わってしまう。橋になりそうな幹や木の根が埋もれていないか、地べたも掘り返してみた。だんだん時間が経つにつれ、助けてと叫ぶ声が途絶えがちになってくる。太陽がその大理石の指先で正午を告げるころ、兄は決断をくだして言った。

「オレの手をしっかり握って離すなよ。おまえを外へ放り投げてやるから」

弟はびっくりしてすくみあがってしまう。石か槍でも投げるみたいにそんなことをされるのを想像するだけで、虫けらかなにかになったような心細さを感じたが、兄のきっぱりした口調に圧され、なにも言えない。あれこれ工夫したあとで、どんな体勢をとるかが決まり、たがいに腕をからませる。ふたりはそれから息を整え、向こうみずな試みを前にして暴れまわっている動悸を落ち着かせる。

「これからぐるぐるまわるが、怖がらなくてもいい。足が地面から離れたら、オレのするとおりに身体をあずけろ。オレは回転をつづけて加速をつけてから、大声でよし、と言うから、そこで手を離すんだ。いいな？」

弟は不安そうに、初めて見るような目で兄を見つめる。ぺしゃんこになってしまった自分のイメージがちらちらと脳裏に浮かび、硬貨をなめたような味の唾がわき出してくる。

「だいじょうぶなの？」

「オレは力があるし、おまえは小さい。やってみる価値はあるんだ」

ふたりは位置につく。兄は加速に耐えられるように足を開いて立ち、弟は引きずられないように片膝を地面につける。ふたりとも指の関節が白くなるほどしっかり手を握り合う。そしてもうなにも考えずに、くるくる回り始める。きれいに放り上げられるように、兄は少しずつ弟を地面から持ちあげていく。身体が手のひらひとつ分浮き上がり、もうひとつ回転すると手のひらふたつ分、その次にはついに水平になる。弟はぎゅっと目をつむり、歯茎が痛くなるほどあごを食いしばっている。回転はますます速くなり、それにつれて円周が広がっていく。回りすぎて息がつまり、力つきたように、弟はもう少しで地面に触れそうになるまで下降するが、斜めに円を描いてまた浮上する。そんな工程がもう二回くり返されたすえに、最後の回転で兄がよし、いまだ！　と叫ぶ。弟はその瞬間に手を離し、ぎゅっと目をつむったまま、骨ばった彗星が地球から太陽へ駆け抜けるようにして飛び出していく。が、宙に浮かんだと思う間もなく悲鳴をかき消すにぶい音をたてて壁に激突し、目をまわしてふらふらしている兄の上に、意識をなくして口から血を流し、数メートルの上空からまっすぐに落ちてきた。拍手がないまま人が折り重なって終わる曲芸の幕切れさながらになってしまう。

　やっと動けるようになった兄は弟の血をきれいにしてやった。何本か歯が折れてすり傷ができただけだ、たいしたことはなさそうだよ、と明るい声で告げる。弟は文句を言う。

「あちこちが痛いよ。失敗だ。それに腹ぺこだ」

　兄は弟の傷に責任を感じ、すまなそうにうなだれて弟を見やる。それから顔を上げると、激突したあたりを見上げる。立ち上がり、近づいてみると、土壁がえぐれ、頭、胴体、腕の上半身がくっきりしたかたちを残している。探しまわっても見つからなかった歯は、このどこかに噛みついているんだろう。兄は顔をほころばせる。オレは全力を尽くした。しかし――暗い考えが浮かぶと、するすると糸がほぐれるように次の思考へとつながってゆき、痛ましくも本格的な構想がかたちをなしてきた。兄は胸の思いに光る目で、ふり返って弟を見る。穴に落ちて二十四時間がたっている。

「いい考えが浮かんだ」兄は言う。「でも、ひとつ約束をしてもらわなくちゃならない」

2

　袋には、丸い大きなパンがひとつ入っている。家から食べものを買いにいくときは、家沿いの道をまわってベルガモットの林がある丘まで歩き、石から石へととび移って川を渡ってから、野生の小麦が群生する野原を横切っていかなくてはならない。近道がしたければ、森を抜けるしかなかった。森を越えるには半日かかる。帰り道も入れて一日がかりの行程になった。

「のどがからからだ」弟が訴える。

「そっち側にある水を飲め。オレはもう飲んでみた。新鮮な水だぞ」

「だって、濁ってるじゃないか」

　袋にはパンのほかに、乾燥トマトも入っている。兄は水が勢いよく湧きだしているあたりまでいき、膝をついて小さな穴を掘る。しばらくすると、だんだん水がたまり、縁から溢れ出すまでになった。兄はそこに顔をつけ、ぺちゃぺちゃと喉を潤す犬のように音をたててその水を飲む。

「心配いらない、おまえも飲んでみろ」

弟は兄がしたとおりの手順をふみ、音をたてるところまでそっくり同じように真似をする。

「泥の味がする」

「ここではなんでもかんでも、泥の味がするんだ。慣れろ」

袋を見つめながら弟はまた言う。

「よけいお腹がへってきた」

兄は袋をつかみ、ぐいと捻じってから、反対側の隅に放り投げる。

「母さんの食べものには手をつけないと言っただろう。ここにあるものを食うんだ」

「でもここにはなんにもないよ」

「あるさ。見てろ」

袋にはパンと乾燥トマト、それにイチジクも入っている。兄は穴のなかを詳しく調べ、くぼみや木の根をひとつひとつ、なめるように点検しながら、シャツをたくしあげて受け皿をつくり、見つけたものを入れていく。弟はわけがわからないという顔で、兄のすることを見ている。やがて爪を黒くして戻ってきた兄は、弟の前に座り、戦利品を広げてみせる。つぶしたアリやカタツムリ、黄色い小さなイモムシ、柔らかい木の根、ちっぽけな幼虫。

「食いものはこれだ」

弟は露骨に顔をしかめる。兄ちゃんは本気なんだ。兄ちゃんが虫や草を食うと言うんなら、ボクもそうするしかない。唇をかんでむかむかする気分を我慢しながら、「わかった」と答える。

そしてアリをひとつかみすくいとると、口に放りこみ、息をつめて噛みもせずにごくりとのみこんだ。歯のあいだにはさまっていないかを舌で確かめてから、力なくほほ笑んで言う。

「ちょっとだけトマトも混ぜれば、もっとうまいかもしれないよね」

袋にはパンと乾燥トマトとイチジクのほかに、チーズのかたまりも入っている。弟の言葉を聞いた兄は、まくっていたシャツの手を離し、集めたものをそこらにばらまきながら、手の甲で弟の頬をはたいた。しかし兄の手は大きく、弟の顔は小さいので、その手はこめかみ、あごと耳、それに口にもあたり、歯の神経を刺激していっそう歯茎を腫れ上がらせ、骨にもじんじん響いた。弟は鋏《はさみ》で肉を切り刻まれる痛みに襲われ、目がかすんでなかば眠ったような顔になると、背中から地面に倒れこむ。それでも麻痺《まひ》していない耳には、兄の厳しい声が流れ込み、がんがん鳴り響いて聞こえている。

「袋をあてにするんじゃない。もう一度言ってみろ、おまえの顔を地面につっこんでぶち殺してやるからな」

袋にはパンと乾燥トマトとイチジク、そしてチーズのかたまりが入っている。

弟は、それきり「ふ」ではじまるその言葉は口にしなくなった。

3

三日目に入ると、兄弟には日課ができあがった。日が昇ると水を飲み、口をゆすいで、排泄をする場所と決めた反対側の隅にその水を吐き出す。それから声が嗄《か》れてそれ以上はつづかなくなるまで、助けてくれと交代で大声をあげる。そのあとは午前中いっぱいをかけて、弟がシャツをまくって虫や木の根を手あたりしだいかき集める。兄はそのあいだ、肉体を鍛えている。腕立てふせをして腕や肩を鍛え、腹筋に移り、つづけて脚が疲れて動けなくなるまでスクワットをする。それが終わると持久力のトレーニングに切り替えて、あらゆる角度に立ち幅跳びをし、脊柱《せきちゅう》や背筋を鍛錬する。締めくくりには重り代わりに弟をかかえ、腕立てふせ、腹筋、スクワットとひととおりの手順を繰りかえし、最後に、バーベルか砂袋のように高々と弟を肩の上に持ちあげるのが、兄の課業だった。それから十五分間の休憩をとるあいだ、力つきてひとことも言葉が出なくなるまで、ふたりでまた大声をはりあげた。そのあとで兄はふたたび、同じ手順で運動をくり返す。

空を見上げ、太陽がまぶしすぎて目がひりひりしなければ、午後になったことがわかる。食料ははなはだしく偏《かたよ》った配分になった。弟が集めてきたものは八割が兄の口に入り、弟はその残りのイモムシ一匹と虫を数匹、木の根を数本ていどしか食べられない。兄弟は押し黙ってそれを口に運んで空腹をなだめ、夜にまわすために少しだけとりわけておく。食べ終えるとがぶがぶ限界まで水を飲み、また大声をはりあげる作業にもどる。それに次いで弟が胎児のように丸くなり、じっと動かずにいるあいだに、兄はもう何時間かトレーニングに取り組む。やがて陽が暮れなずむころ、ふたりはとりわけておいた食べものを先刻と同じ配分で腹に入れ、すっかり暗くなるまでまた大声で助けを求める。それから抱きあって横になり、たがいの温もりに慰めを求めつつ、日中の叫び声に応えて夜の歌声を響かせる森に耳をすませる。最初に聞こえてくるのはなんの声だろう。コオロギ、フクロウ、それともオオカミだろうかと不安をかかえながら。

5

弟は蝶が群れ飛んでいる夢を見ている。夢ではするする舌を伸ばしてその蝶を口に入れている。白い蝶はパンの味がした。ピンクや赤なら、イチゴとミカンのフルーツ味。グリーンの蝶はミントの味。黒っぽければ、ガラスを舐《な》めているみたいなささくれだった味だった。

昨日の晩は穴にホタルが一匹落ちてきたので、兄がさっとつかまえて平らげた。夢にもホタルが出てきた。けれども大きなホタルばかりで、とても食べられるような大きさじゃない。それで光る馬にまたがるようにして、その一匹に馬乗りになった。腹が減ってどうしようもないので、すこしばかり離れた草原へ連れていき、降りられるようにホタルが身体を折り曲げたときに、その尻にくらいつき、きらめく肉片を嚙みちぎった。緑の背中にも爪をたて、そこから手首を入れると、肘から腕までずぶずぶめり込ませ、卵の殻に穴をあけて白身を吸うようにして、きらきらする液体をすすりこむ。空腹がおさまると、いまやすっかり闇に包まれたこの穴からはホタルがいなければ出られないと思い、光るホタルにまたがったままでおいおい泣き出してしまう。

夢のなかの穴は町のように大きい。住人たちはだれもが腹を空かせている。土地が疲弊してしまったからだとだれかが言っている。弟は穴の外での暮らしを忘れてしまったが、年上の兄はまだその頃を記憶している。

「上じゃもっと空間が必要だったんだ」なんでこんなに汚いところに住まなくちゃいけないのかを訊くたびに、兄はそう答える。

「上は人でいっぱいなの？」

「いや、少ししかいない」

「それじゃ、上はものすごく狭いの？」

「いや。ずいぶん広い」

「どういうこと？　ぜんぜんわからない」

「上の連中には、権力があるんだよ」

「けんりょくってなに？」

そこへ空飛ぶ犬がやってきた。頭の角をぺろぺろなめるのがくすぐったい。兄はいつもそんなふうに、言葉少なにしか語らない。忙しく働いているからだ。もう何年も、カンゾウの枝を組んで穴の縁までわたすための梯子《はしご》づくりをしている。

「その枝をちょっとかじってもいい？」

「だめだ。わかっているだろう。ここにある枝はぜんぶ使わなくちゃならない」

「腹ペコなんだ」

「オレも同じだ。でも自分のことだけじゃなくて、みんなのことも考えろ」

弟はまわりを見回す。道ばたで眠りこんでいる人たち。しゃべる花と遊んでいる女の子たち。おなかの育児嚢《いくじのう》に赤んぼうを入れて運んでいる男たち。兄と同じように、穴を脱出する道具をこしらえている人たちは、スレートの船をつくったり、雲の塔を建設したり、地上最後の竜の骨で射出機をつくったりしている。

「みんなのことを考えるのはもう疲れたよ！」

兄はもう一本、丸太を継ぎ足す。そのなかからヒヨコのかたちをしたミミズがはいでてくる。兄は腕をあげて額《ひたい》の汗をぬぐい、

「上に出たら、お祝いをしよう」と言う。

「パーティをするの？」

「ああ」

「風船やら豆電球やらケーキやらでお祝いするやつ？」

「そうじゃない。投石と松明《たいまつ》と絞首台で祝うやつだ」


夢で松明の火を見ているうちに、弟は出し抜けに目を覚ます。頭蓋骨か両目の奥のどこかに小さな炎が灯された感覚がしている。輝く液体の味がまだ舌に残っているような気がする。空は白みはじめたばかりで、兄はまだ寝ている。起こさないようにそろそろと立ち上がり、木の根のあいだにアリかミミズでも見つからないか探してみる。兄が決めた食事のルールを守らなくてはいけないことはよくわかっていても、起きてすぐは我慢できないほど空腹がこたえるのだ。泥の味がする水を飲んで、虫を食べ、木の根の先っぽを吸っているだけで、何日も持ちこたえていける、兄にはそう言われている。それに、食いものを集めるとき以外はできるだけ余計なエネルギーを使わずに、じっとしていろと特に厳しく言われている。

一メートルほど向こうから、小さなミミズがこっちへ向かって這ってくるのが目に入った。手をのばしてつまみ上げようとした瞬間に、お腹がとんでもない音をたててぐるぐる鳴り、内臓がムチをあてられたように激しく揺れた。音はそそり立つ壁面にこだまし、まるで穴の亡霊が声をあげたかのように響きわたったので、兄が目を覚ましてしまった。目を向けるというよりは耳で気配をさぐりながら、顔をしかめて訊いてくる。

「なにをしているんだ?」

「なんにも」

「起きているのか?　いまの音はなんだ」

「ボクだよ」

顔をごしごしこすってそっちを見た兄に、疑問符のかっこうで前かがみになり、壁の一部になったようにそこにはりついている弟が見えた。

「おまえの音だったのか。牛の鳴き声みたいだったぞ」

「なんだか中から壊れていくみたいな気がする」弟が言う。

その日も変わったことは起こらずに、不安と期待が入り混じった日課が同じようにくり返される。助けを求める声にはだれも応えてくれないが、ふたりはそれにも慣れてきた。夜がくると、弟は兄にしがみついて訴えた。

「すごく調子が悪いんだ」

「そうだな。顔に出ている。体重が落ちてずいぶんやつれたな」

「もっと食べたほうがいいと思うんだけど」

「まだだ。心配するな、空腹にはそのうちに慣れてくる。胃が少しずつ小さくなっているから、つまり収縮しているから痛むんだ。最大限まで縮んでしまえば、いま食っている量でじゅうぶん腹一杯になることがわかるさ」

「でも力が出ないんだ。起き上がるだけでもふらふらするし、なんにもできないんだもん」

「強さはオレが引き受けてやる。おまえは持ちこたえることだけを考えろ。寒かったり、怖かったり、獣に襲われたりしたときは、オレが守ってやる。兄ちゃんだからね。もう少し寝ていろ」

「まだ寝たくないよ、こわいから」

「なにが怖いんだ?」

「夢を見るんだ……へんな夢を。食べちゃいけないものを食べたり、母さんが出てきたり……ものすごくこわい夢」

「夢はちっとも怖くないいんだよ。本当のことじゃないんだから。頭で考えていることがごちゃごちゃになって出てくるだけだ。言葉にならない記憶でしかない。なにか食ってる夢を見るのは腹が空いているからだし、空を飛んでる夢を見れば、家に帰りたいと思ってるからだ。それだけのことさ。わかるか?」

弟はあごを動かしてうんと伝え、兄の説明で気持ちが落ち着いたので目をつむる。そしてうとうと眠りに落ちながら、最後に訊いた。

「母さんを食べる夢って、どういう意味なのかなあ」

7

穴に落ちて一週間が経った日。聞き慣れない音がした。

白くたちこめた霧をかきわけるようにしてゆるゆる目を覚ました弟は、寝ぼけまなこであたりを見回す。

昼に代わって夜の鼓動があたりを支配し、すべてが薄明かりのなかで静寂に包まれている。兄は深い寝息をたてていた。また音がした。こんどはもう少し近い。ふたりが横たわっている地面にもかすかな振動が伝わってきた。

「だれ？」弟は乾ききった口をこじあけて呼びかける。「だれだ？」

三度目の呼びかけには、兄の声が加わった。目を覚ましたばかりでわけがわからないまま、兄は原始的な本能にしたがってそうしている。おおい、助けてくれ、ここだ、とふたりは叫んだり、手をたたいたり、足を踏みならしたり、吠え声をあげたりし、それから耳を澄ませていまの大騒ぎでなにが返ってくるか、反応をうかがう。

風は暗く、獣がうろついている気配とその息づかい、べろりと伸ばした舌のように長々と鼻を鳴らす音を運んできた。ふたりは飛び出しそうなほど目を見開き、たがいを見つめあう。

なにかの群れだ。

「オオカミ?」弟が訊く。

「わからない。うなり声は聞こえたか?」

「ううん。オオカミだと思う?」

「ヤギかもしれない」

「森にヤギがいるの?」

「迷ったとすればな。ヤギなら、牧夫が探しにやってくるだろう」

「オオカミだったら?」

「牧夫は来ない」

足音はいっそう騒がしくなり、動物たちの荒い呼吸が夜を支配することになった。

息をひそめるふたりの静寂は穴のなかにも伝染し、虫の羽音がやみ、水音もしなくなって、自然までが静まりかえった。そのひとときは穴の空気も変容し、兄弟の大切な家庭のような息づかいに包まれて、群れの襲来がほんの一時の脅威でしかないように思われてくる。穴のなかに噴き出した静謐《せいひつ》な空気は、壁をはいのぼってゆくと入り口の物騒な気配を鎮《しず》め、縁を越えて外へと溢れだし、四方へ流れてうなり声をあげる獣たちを黙らせる。森全体がその一瞬は、内から爆発した平和の息吹に満たされる。

それからついに、殺戮《さつりく》を告げる舞台の幕が切って落とされた。

「オオカミだ!」

汗臭い汚れた肉をクンクン嗅いでいる鼻面が見え始める。自分たちの体臭や排泄物の悪臭におびき寄せられてきたことを、ふたりは知った。牙をむき出し、舌を出してよだれを垂らす鼻先がずらりと穴を囲み、鼻面の向こうには細長い目が夜のきらめきを集めてらんらんと光り、オオカミの姿を浮かび上がらせている。

ふたりは叫ぼうとして口をあけるが、声をのみこむ。

先頭の一頭が首を下げ、口蓋《こうがい》をのぞかせながら下をのぞきこんでくる。獲物は病んで衰弱し、逃げ道もないことを、オオカミは承知している。群れは動きまわりながら穴を囲んで狩りのダンスを踊り、一頭が脚をあげて穴に飛び込むそぶりをみせた。別の一頭もそれにならう。首尾よく獲物を手に入れて森へ引き上げることができるかどうか、様子をうかがっているのだ。糸のように長いよだれをたらした一頭が、飛びかかる姿勢をとり、跳躍しようと脚を曲げかけたそのときだった。飛んできた石で頭蓋骨を割られ、狩りのダンスが乱れて崩れる。

「オレたちの家から出ていけ！」

骨が砕ける音につづけて、苦痛にあえぐ悲鳴があがる。オオカミたちはうろたえながら牙をむくが、次から次に飛んでくる石に圧され、後ずさりしていく。

「やったね！　やっつけた！」弟が歓声をあげる。

それからしばらくは、何頭かがおそるおそる戻ってきたものの、群れの大半は石が届かない何メートルか向こうに後退して遠巻きにしているだけで、しまいにはみんな引き上げていった。

「まだ聞こえる？」

「いや。立ち去ったようだ」

「こわがらせてやったね！」

「ああ、オオカミどもを震え上がらせた。石つぶてでな」

弟はまだ恐怖でどきどきしながら、はしゃいだ笑い声をあげる。

「少し眠ろう。やつらは戻ってこない。夜明けはまだ何時間か先だ、力を蓄えておかなくては。おまえは先に寝ろ。あのクソ野郎どもがまた顔をのぞかせないか、オレはもうしばらく見張ってるから」

〈クソ野郎か。兄ちゃんはオオカミの群れを追い払ったんだ〉。弟のその晩の眠りは、これまでになかった安らかなものになった。けれども苦悩を忘れて眠ることができるのも、これが最後の晩になった。

兄は穴のまんなかに陣取り、両手に石を握りしめて上の入り口を見張りつづけた。ここを出られたとしても、どうやってオオカミを追い払うのか。それを考えながら眠れない夜をすごす。嚙みちぎられ、骨から肉を引き剝がされた弟、そして血の海にまみれ、ずたずたになりながら、がつがつ肉をむさぼる音をまだはっきりとした意識で聞いている自分のイメージが浮かんでくるのだった。

11

太陽は四日にわたり灼熱の日差しを野山に注ぎ、木々に赤銅の矢を投げかけて、穴の水を干上がらせる。滲みだしていた水が枯れると、水たまりが泥土になり、やがてただの黒土になった。飲み水が尽きてしまったふたりは、いつもの日課を中断し、口のなかが炭の味になるまで土壁の木の根を吸った。

「調子がすごく悪い」弟は訴える。

「そのうちに雨になる」兄は言う。


この土地で生まれ育ったふたりは、雲が広がる季節がいつやってくるのか、天候の変化をよく知っている。太陽が煮えたぎる月が過ぎれば、土砂降りの雨が落ちてくる。皮膚がめくれてくるころには毎年決まって雨になるのだから、雨は降るに違いなかった。それにこのあたりの土地には人間に苦しみを味わわせる力学が働いているのか、自然現象はそのことごとくが反対のかたちをとることになっている。そのせいでこの土地に暮らす人びとは、だれもが頑丈な肌をして強靭《きょうじん》な気質をそなえ、過酷な自然に文句も言わずに、黙々と耐えている。ただそのせいで細やかなやりとりが損なわれてしまい、一緒に暮らす人たちのあいだで親愛の表現が希薄になった。兄弟の態度も、まさしくそうなった。ふたりは最初のように、相手の目のなかに自分を探そうとしなくなった。生き抜くことがいちばん大切な状況に置かれれば、情愛の伝達は不要になる。愛は沈黙を誓い合ったかのような、老いたワニに似たもの、爬虫類じみた荒削りのものになってしまう。

「ねえ、ボクのこと好き?」弟が訊く。

「そのうちに雨になる」兄は言う。


曇天のもとで四日目の日が暮れた。ふたりは長いあいだ、一滴も水を口にしていない。兄は脱水症になりかかっている。尿までが干上がってしまった。兄のこめかみにはひっそりした怒りが集積し、一瞬、弟を絞め殺してやりたい衝動にかられる。

首に手をかけて眼球がとび出すまでぐいぐい締めつけ、ゼラチン状の白っぽい目玉をキャラメルみたいに吸って、しょっぱい水分を飲みほしてやりたいと思う。

「オレに質問をするのはやめろ」

「なんにも言ってないよ」

「話しかけるのもやめろ」


弟は目をつむり、川や湖や雨でできた水たまりを思いながら、跳ねまわって水しぶきをあげているシーンを想像する。滝みたいに落ちてくる雨水は、みんな違った味がするんだ。レモンの雲が野原にレモン汁を降らせて、家畜のマリネができあがる。甘いオレンジの洪水に飛び込めば、泳いだり潜ったりできるし、口を開けても溺れたりしない。ひょうは青紫のブドウなんだ。氷が溶けた夢みたいな水。水に浸かった草原。弟はいちばん影が深い一角に穴を掘り、耳がつかえて入らなくなるところまで顔をつっこむ。暗い静かな土にマントのようにくるまれて、ダチョウみたいにそうしていると、意識が上空高く飛翔していく。のどの渇きが消え、兄も消え、ずっとつづいていた胃の痛みも消え去り、呼吸も、見えないものがかもす静寂とびったり同じ波長の静かな調子になる。

いっそう深く顔を土に突っ込む。

濃密な空気を吸おうと口を開け、歯が砂まみれになる。もっと顔をめり込ませる。肺にはもはや、ほとんど酸素が届かない。窒息寸前の状態になると、火花が弾けるようにして理解の扉が開いた。灰色の意識が白くなっていく目覚めの感覚とともに、つぎつぎに火薬が爆発するようにしてなんの関係もなかったあれとこれが繋がっていく。細かい火花がいっせいに溶岩の川へ流れ込んでいくかのように、疑問がひとつひとつ、確信へと変わっていった。弟は以前の自分とは別人になり、穴のなかで死を待つだけの彼は、いなくなった。のどの渇きも消えた。新しい境地の奥深いところには強烈な自我があり、はじめて味わう虚脱の状態があった。弟は虚無の感覚に流されるまま、空寂のなかにひたり込んでいく――

「バカヤロウ、そこから出るんだ!」

兄が脚をつかみ、弟の軽い身体を力まかせに引っぱり出した。しばらく前からぴくりともせずに、ほとんど意識をなくしている。平手打ちをくらわせ、放心して入り込んでいた夢のなかから引きずり出すと、弟は水から引き揚げられた魚みたいに口をパクパクさせた。首すじにべっとり汗をかき、むせて口のなかから土塊《つちくれ》を吐き出す。舌には黄色い苔が貼りつき、砂利のかけらがこびりついてみえた。

「窒息しかかっていたじゃないか！　気がおかしくなったのか？」

「ごめん。具合が悪いんだ」

「言っただろう。雨は降る。これまでずっとそうだったんだ。我慢しろ」

数時間後。自分は穴でなく、すり鉢のなかにいることに弟は気づく。兄は種がいっぱいに詰まった果物だった。オリーブの実から油を搾りだすようにして、すりつぶして油を取り出せばいいんだ。それで、石でたたいてみた。けれども手が疲れるし、ちっともはかどらない。そこで血を搾るための臼《うす》をこしらえ、雄牛たちにシャフトを引かせることにする。巨大な石で骨や肉、はらわたを砕くと種と果肉のどろりとしたペーストができたので、それを兄の頭蓋骨につめて雨乞いをした。雨は蛇口をひねる勢いで落ちてきた。水とねっとり濁ったペーストが混ざりあった雨水は、飲みこむこともかみ砕くこともできなかったが、おかげでのどの渇きとすきっ腹が落ち着いてくれた。それが終わってしまうと、弟は自分も挽き臼に横たわり、雄牛たちをけしかけてシャフトを引かせた。

夜がくるころにはふたりともふらふらになって倒れ、土の毛布にくるまれて、死んだように転がっている。弟は細かく指を震わせている。飢えと渇きのせいで意識のどこかが決定的に破壊されたようで、瞳孔が暴走する回転木馬さながらにぐるぐる回っていた。その目は、精神錯乱の幕開けを祝う宮殿の乱痴気騒ぎをながめている。兄は呼吸ができずにいる。鍛えてきた筋肉が盛り上がっているところへ、干からびた皮膚がはりついているので、てらてらと月のように光っている。夢のなかでうがいを吐き出そうとした拍子に、皮が剥がれた唇に歯があたってしまい、のどにたらたらと血が流れ込んで、ムカムカして気分が悪くなる。

穴の縁へと死の影が忍び寄ってきたそのとき、嵐がやってきた。

13

雨が降りはじめた最初の数時間、ふたりは休みなしに水を飲み、抱き合い、泥のなかを転げまわってはしゃいだ。すっかり渇きが満たされ、歓喜と自暴自棄との境界でげらげら大笑いする。

そのあとは壁にもたれながら、じっとして土砂降りのカーテンに耐えた。穴の縁では虫や泥や木の葉の小さな滝が生まれ、瀑布《ばくふ》となって勢いよく垂直に落ちかかってきた。足もとにできた深い水たまりは、呼吸する大海の肺のごとく集まっては散っていく黒雲を映し出している。いずれ水が干上がるときのために、ふたりは水たまりに顔をつけたり、はね返ってくる水の噴水をなめたりしながら、投げやりに水を飲んだ。

嵐は二日後に収まり、雨がやんだ。穴は泥沼と化して、土壁もかたちを変えた。ふたりの足はねっとりした地面に沈み込み、濡れっぱなしの服が腐りはじめ、手足の先や睾丸からじわじわ泥が染みこんできた。兄は運動ができずにいる。ここはかたちのないドロドロの棺桶なのだと思っている弟も、食べものを集めるのをやめてしまった。からりと晴れた空を見ても、太陽の温もりが届いても、小躍りして喜ぶ気分にはならなかった。土砂降りのあいだは溺れ死んでしまわないように、沈まないよう、眠らないように耐えるという試練にさらされ、ふたりともまだ筋肉が引きつっている。兄弟はなにも食べていないので小さくなった空の胃にぎりぎりと傷めつけられ、とりわけ弟のほうは、高熱を出して意識がもうろうとしている。

太陽の日差しが注いで土が乾きはじめ、水分が蒸発してかたい地面が戻ってきたころに、兄は弟が肺を悪くしていることに気づかされた。弟は咳をするたびに、マーマレード状の緑色をしたドロリとした痰《たん》を吐き、額も焼けるように熱かった。兄は定期的に食べものを口に運んでやり、一時間ごとに水を飲ませ、まだ残っている水たまりから遠ざけて、乾いた服を着せてやった。自分はほとんどものを食べず、運動もあきらめていっしょうけんめいに弟を看病したが、熱はいっこうに下がらない。

土色の顔をしてやせ細り、がりがりのグレーハウンドみたいに肋骨を浮かせ、寒気と痰に苦しみながら、青い指をして額を熱くしている弟を見ていると、兄は悲しみで胸が痛んだ。弟はやっと息をしているだけの肉の塊《かたまり》になり、不規則な眠りのあいまに出し抜けに目を覚ましては、わけのわからないことをわめいたり、怒りを爆発させたり、めそめそ泣いたりをくり返している。兄は心をざわつかせながらもしんぼう強く食べるものを口に運んでやる。太陽の光にあててやり、手足を伸ばす弟を見ると、胸にあらためて温かいものが広がってくる。

「死ぬんじゃない。約束があるじゃないか」

夜には霜から守ってやるために二重に服を着せてやり、自分は裸で丸くなり、小さな身体を温めてやりながら、弟の肌をさすり、キスをし、眠りに落ちるのを見守った。

「オレはおそらく、おまえが好きなんだろうな」兄はつぶやく。

17

弟は何日も死の淵をさまよい、兄はその命を支えつづけた。まるでふたりでゲームをしているかのように。

兄はなかでも特別大きな虫やまるまる太ったイモムシ、甘い木の根を食べさせ、自分のシャツで泥水を漉《こ》して、きれいな水を飲ませてやった。明けがたのひんやりした水で額を冷やしてやり、夕方のひなた水で手足や髪を洗ってやった。そのうちに呼吸が安定し、少しずつ熱が下がってくると、兄はまた日課の運動を再開した。腕立てふせ、腹筋、スクワット。汗でぐっしょり髪を濡らし、身体を動かしているあいだは、弟の病気や穴のことは忘れて思いは野原を駆けぬけ、舞い戻ってしかるべき道義を果たしていた。兄は老けこんでいったが、それは飢えや太陽のせいというよりは孤独のためだった。十代の顔は、内戦か刑務所から戻ってきた男のように深い苦悩を刻み、峻烈な努力のせいで、身体つきも変わってしまった。大きな手にも新しい皺《しわ》が増え、消そうとしても消えないタコができた。弟に対しても、これまでは言わなかったような言葉を口にして語りかけてやった。

「家に帰ったら、肉を食おうぜ」

兄は食べたことのある料理や、想像で思いついた料理も食べさせてやった。日光でよく乾燥させたケシの実のクリームに、角切りバナナと野生のクルミを添えた料理。シナモン、レモンピール、ココアパウダーとサワーソップのシロップで味つけしたライス・プディング。アシカのローストには、イチゴとユッカを混ぜたココナッツミルクとオレンジのソースをかける。ジャガイモの皮の剝きかた、玉ねぎを焦がさずにこんがり炒めるための切りかた、鶏肉やビーフのちょうどいい焼き加減をくわしく教えてやったりもした。弟はときどきはっと目を覚ますと、なにかを明晰に悟ったかのように、意味不明の短い言葉をもらすこともあった。

「ローレル……」

すると兄はその香りやかたち、味の記憶をたどり、使いかたや作りかたなど、植物や農学の話をして聞かせた。知識がないことについては、ものごとの知られざる道理を適当に考えて説明してやった。知らない言葉を話す人びとが暮らす町のことや、断崖の向こうへ旅をして不思議な現象を見学してきたこと。北のほうには双子の月がある話や、南に歩く樹木がある話。深い湖の底に棲む星のような鳩の群れや、主人が出て行くと窓が目になっている家がワインの涙を流す話もした。自分たちのお祖父さんとお祖母さんの話もしてやった。祖父母が幼いころに村が大洪水に見舞われてしまい、村ごと二、三キロほど引っ越さなくてはならなかったことを。巨人族の墓地がひとつの大陸を占めていることや、重すぎて一部が地球の反対側に落っこちてしまった空に、手で触ることのできる場所があること。兄は地理を描き、人の生きかたを説明し、夢の数学を編み出して話した。色とりどりの穀草があることや、クリスタルの爪をした女たちがいること。すばらしい奇跡の話や、不幸を遠ざける粘土がある話、壁のなかにすみ、見つけた人には千回まで望みをかなえてくれる小鬼の話、通してほしいと頼めばふたつに割れてくれる川の話。想像力が尽きて話がつまらなくなってくると、ほんとうのことも話した。

「ときどき、オレたちは本当の兄弟じゃないと思うことがある」

「うちの犬を殺したのはオレだ。石を投げつけてな」

「オレの死に場所はこの穴だ」

夜になると兄弟は寄り添って眠った。もう少しで満月になる月が森の輪郭をぼうっと白く浮かび上がらせ、こずえや小径《こみち》を照らしている。弟の熱も下がりはじめた。咳や痰がおさまり、身体の震えが落ち着いた。ふたりは嵐が去ってから初めて、途中で目を覚ますこともなく、疲れきって眠りをむさぼった。泥のように熟睡しているふたりは、ひたひたと何者かが穴に近づいてきた気配は耳に入らず、顔を出して下を見つめる人影にも気がつかない。影はそれから背中を向けると、ひっそりと音もなく、きた道を戻っていった。

19

弟は目に輝きを取り戻し、食べものを集める力も回復した。けれども、高熱はその傷あとも残していった。なにをするときにも気だるそうな態度になり、食べることも、話すことも、息をすることさえもがどうでもいいように見えた。声まで変わってしまい、以前よりも重々しく、暗い声になった。

「ここはどこだ?」

子供を食い殺して百世紀におよぶ狂気を感染させた大人みたいな目をして、弟は訊く。近くで見ると、ふたつの目に頭が森で腕が階段になっている螺旋《らせん》状の譫妄《せんもう》を閉じ込めていて、壁の重圧を支えていることがよくわかる。その目が、小さな変化も見逃さずに兄の大きな身体を刺し貫いてくる。

「もっと水を飲め。脱水症状を起こしてるんじゃないのか」

「ほんとうの水は外にあるんだ。ここにあるのは嘘っぱちだ」

兄は最初にやっていた運動の手続きを完全にこなす体勢に戻った。それにとり組んで二週間になるが、ろくに食べていないので筋肉が異様なかたちに変形し、なかば栄養失調の男、なかば猟犬のようなぐあいになった。無理をしていることを、兄は自分でもわかっている。走ったりすれば、心臓が耐えきれなくなって、ほんの数キロで泡をふいて倒れてしまうだろう。トレーニングは生きぬくことと肉体を鍛えることとの境界線上で肉体をある種の健忘症状態においた、一時的な筋力をつけるためのものでしかない。

「穴にいるのは、もうたくさんだ。ボクは出て行く」

「そうすればいい」

「そんなことボクにはできないと思ってるんでしょ?」

「ああ、できないと思ってる」

「じゃあ一人で出て行くから、ここに残って腐っちまえ」兄の目に映る弟は、知らない人の顔になっている。

もう何時間もどちらも無言でいる。弟が自分の考えごとにふけり、いよいよ陰鬱な雰囲気になっていくいっぽうで、兄は弟のこれまでになかった口のききかたにとまどっている。

「今日はほとんどなにも食ってないじゃないか。食わなきゃ死んじまうぞ」

「べつに腹はすいてない」

「腹が空かなくても食わなきゃだめだ」

「腹がへったら食うよ。のどが渇けば飲む。クソがしたくなればクソをする。犬みたいに」

「オレたちは犬じゃない」

「この穴じゃそうだよ。犬よりみじめだ」

太陽は最後の日差しを投げると穴から遠ざかってゆき、世界の色彩が奪われたあとには、共同生活の疲れがますます重くのしかかってくる。先ほどまで浸っていた夢がいんちきだったことがわかってしまい、目を覚ますのは、残酷な冗談としか思えないとでもいうように。

「おまえの頭はまだ熱から回復していない。何か食って、眠るんだ。明日は気分もよくなるだろう」兄は声をかけて横になる。

弟は動かない。

「なんだかものすごい怒りを感じる」

「いや、まだ怒りはないさ」

「じゃあ、ボクの中でむしゃくしゃしているものはなんなんだ」冷たい目で兄を見て、弟は訊く。

「一人前の男になってきたんだよ」

23

「今日は人の殺しかたを教えてやる」

おまえやオレのような人間にとっては、最初に必要なのは怒りだ。怒りがなければ、人を殺す度胸が据わらないからな。そうじゃない人たちもいる。想像もできないような暴力が渦まく環境で育ち、おまえの知らない洞窟の陰からこっちを見ているような種類の人間が。そいつらは、生きることそのものが穴のなかにいるのと変わらない。そんな連中は、殺すことはできない。そうしようとすれば、こっちが殺される。オレたちはそういう人間じゃないから、怒りが必要なんだ。じっとしていられずに皮膚がざわめき、筋肉が震えるような怒りがな。内側で真っ黒なものが渦まいて、外に向かってはますます熱く、赤くなり、しまいにはめらめら焼け焦げて、どこにも居場所がなくなるくらいにならなくちゃいけない。なにを目にしても、そんなものには惑わされずに憎むわけを自分に納得させ、なにより、怒りを抱かなくてはならないのだと、よくよく自分に言い聞かせなくちゃいけない。全身を怒りで満たしたら、ひそひそささやく怒りの声を溜め込んでおかずに、外へ出せ。手を振って指先から振り払い、絶叫しながら木の枝をへし折って走れ。爪がはがれて血が出るまで地面を掘り返して、ドアでも壁でもなんでも、人間が作ったものを殴りつけろ。そして倒れる前に、息をするんだ。口を閉ざし、ほんのひとときだけ、怒りの最後の一滴を腹のなかにしまい込め。いまにもこぼれ落ちようとしているキスみたいに、口の端にその輝きをきらめかせてそこにとどめておけ。息を吐いて脇腹が上下するのを感じながら、落ち着きを取り戻せ。擦りむけて皮がはがれたこぶし、その手で打ち壊したものの傷跡、破壊の跡を見てみろ。その静寂を味わえ。壊されたショックで動けなくなった対象がしんと黙り込んで、床板がみしりとも言わず、風も凪《な》いで止まっている静けさを。それは人間がすべてを終わりにする終末のときに地上に広がる静けさと同じものだ。おまえの中の怒りがその逆のものに変容するまでのあいだ、朝から晩までずっと抱えつづけていく静けさでもある。

二番目に必要なもの、それは落ち着きだ。三日間、それより一日多くても、少なくてもいけない。そのあいだは自分の中でかたちをとりつつある秘密を守りとおせ。鳥みたいに、地面を踏まずに歩くんだ。草の葉ひとつ目を覚まさせないように、声をひそめろ。できるだけだれともかかわらずに、夜は早く寝るようにしろ。そしてどんなときにも忘れずに、しまってある緋色の一滴を思い出して、その一滴を恐ろしいかたちに練り上げて、でっぷり大きく育て上げろ。自分に取り憑いている病に向かうようにしてそいつに話しかけ、罵声を浴びせ、考えられる限りの残忍な想像をめぐらせるんだ。そこから血が流れだして巨大な化け物たちが溢れ出てくるまで。その醜いものをずっしりと背中に背負え。愛することもできず、美しいものにも心を動かせない、そんな人間になれ。醜悪さで胃がきりきり痛み、おまえが触れるもののなにもかもに、恐ろしい空無が広がっていくのを見つめろ。そんなやり切れない落ち着きを耐えた三日目の晩がくれば、そのときにはいよいよ、眠りに落ちる前に深呼吸をして、腐りきったものの中に浸りこめ。蜘蛛《くも》が這いまわるようにして病の毒がまわるのに、身を任せろ。最後の一滴がカミソリみたいな石をまき散らし、血管を切り裂いて駆けめぐるだろう。残酷な一撃で骨の髄までかち割るだろう。それから寝るんだ。そして、夢を見ろ。

最後に必要なものは、意志だ。恐ろしい夢にすくみあがってしまい、ことを起こすその日の朝は、食事がのどを通らないだろう。暴力の激しい力がおのずと暴れまわって、おまえにすべきことをさせてくれる。けれども、一抹の不安が泡みたいにふわふわまつわりついていることにも気がつくだろう。水を飲みながら、ガラスのコップが割れてしまわないかと恐れるような不安がな。しかし心配はいらない。落ち着いて歩くんだ。足を運びながら、魂に刻まれた記憶の暗い襞《ひだ》が開かれていくのを感じ、足もとの地面が回転しながらまっすぐに目を見つめてくるのを感じて、前に進め。そしてついに敵の前に立ったときには、はやる気持ちと恐怖に震えながら、相手を殺して自分の決意に報いてやれ。すばやく、思いきってやらなくてはいけない。視線でそうするほかは、苦しめるな。受けるべき報いを与えて、意味のある死を遂げさせせろ。

首にかける手の力とか、ナイフをつき刺す場所とか、殺すこと、つまり殺人の行為そのもののやりかたは、だれかに教わるようなものじゃない。やりかたは自分がよく承知している。刃物でも銃でも石でも棒きれでも、なんでもかまわない。しかし男として、目の光が消えていくのをしっかりと見届けなくちゃいけない。犯行に距離を置かないことだ。殺すのは一瞬の行為だ。ほかのやりかたを知らないんだからしかたがない。オレたちはもって回ったやりかたはしないし、辛抱強くもない。ためらうんじゃないぞ。いつそうすべきか、正しいときはおまえの魂が決めることだ。この輪が閉じられたとき、おまえは地上にかつて生きてきた偉大な人びとと同じくらい、大きな人間になれるんだ。
　このことをしっかりと覚えておけ。

　一人でしゃべる兄の言葉をみじろぎもせずに聞いていた弟は、そのあとでパレットナイフ代わりに指や肘を使い、壁や地面に自分にしかわからないシンボルを刻みつけ、一言ももらさずに教えられた内容を描き上げた。そして身の毛がよだつその絵図をじっくり見なおしながら、脳のあちこちが拡張する感覚を味わい、歓喜の雄叫びをあげた。弟ははじめて知った喜びの概念構造に息苦しいほど酔いしれ、海獣が咆哮《ほうこう》している毒々しい群島へと流されていく。地震に襲われたようにふらつく足もとを踏みしめ、伝染病さながらに燃え広がり、幼い時代を燃やしつくしていく炎にとまどい、青ざめながらも、掟として頭にたたきこもうとでもいうように、恥辱にまみれたその絵を何度も見直し、計算に間違いがあれば厳密に訂正していく。兄はそんな弟を満足そうに見つめている。

夕闇が迫ってくると、苦労して描いた絵が風と水にさらされて少しずつ削られ、消えていく。内容はひとつ残らず覚えているが、疲れきった弟はそれを見ながら、心に誓う。気づくことのできたすばらしいことがらを書きとめておけるように、これからは死ぬまで紙や鉛筆、インク、羽ペン、古い本、筆記用具を持ちあるくんだ。そして夢遊病者みたいに、言葉にならないものを翻訳してやるんだ。

29

閉じ込められたままで月の満ち欠けがひとまわりする期間を過ごしてきたふたりは、空腹と焦燥のせいで会話も、精神状態もおかしくなってきた。兄は黙々とトレーニングに取り組みつづけている。弟のほうは、狂気の階段をどんどん下りて、ついには幻覚が飛び交う最下部までたどりついてしまった。流行歌を下品な歌詞で口ずさみ、わけのわからないことをしゃべっている。憐《あわ》れでもあり、ばかばかしくもありで、兄ももう耳を貸さない。

「いくら大声で叫んでみても、みんな動物の声だと思ってるんだよ、たぶん。ボクたちはそれに気がつかなかったんだ。だって、ふたりとももうずいぶん前からブタみたいに話してるんだもん。明日はラテン語で叫ぼうよ。そうしたらわかってもらえるよ」

弟は何時間も黙りこんでいたかと思えば、なにか思いついたか悟ったかしてぴくりと身体を震わせ、とても人間とは思えない声で意味不明の詩を唱えるようにして、支離滅裂な言葉を吐き出したりしている。

「今日は、ボクがボクになる前夜なのかもしれない」

ひどい栄養失調で骨と皮ばかりになり、動くこともままならない弟は、以前のように食べものを集めることができなくなった。そこでいまは、兄が父親のように毅然としてその役を引き受けている。ふたりとも獣じみた雰囲気に包まれている。弟の空っぽの胃が雷鳴のように轟《とどろ》きわたるので、兄は土と湿った草で泥団子をつくって耳につっこみ、聞こえないようにしている。耳栓を外すのは、助けてもらえそうな物音がしないかどうか、森の気配に耳をすませるための数時間に限られていた。弟の腹がたてる大音響で頭がおかしくなりそうで、夜になると悲しそうな顔をしてまた耳栓をつけ直す。そうしていれば弟が話しかけてこないからだし、胸に積み重なってかさぶたのようにはりつき、自分をむしばんでいる罪悪感を黙らせてくれるからなのだと、兄は自覚している。

弟はどうでもいいようなことを訊いてくる。

「ボクたちはどうしてここにいるんだろう」

「これは現実の世界なのかな」

「ボクたちって、ほんとうに子供なの？」

兄は返事をかえさない。

31

「あのね、アッチラ大王の馬を盗んだのはボクなんだ。ひづめで靴をつくるために。その靴で踏んづけると、二度と草が生えなくなるんだ。極悪人たちでさえ、ボクをフン族の虐殺王と呼んで震えあがっていたんだよ。世界中をかけめぐって、土地を干上がらせ、種を枯らしてまわったから」

「おまえが一人でそういうことをしたのか」

「フン族と一緒にね」

「フン族ってのはだれだ?」

「アッチラ大王の兵隊たちだよ。王が死んだときは、たくさんの兵隊が自分の肉をえぐりとった。ボクも肉が欠けているんだけど、外からは見えないんだ。内側の肉だから」

兄はため息をつくと、耳栓をもとに戻す。弟は自分がどこのだれなのかもわからなくなって、またいつもの催眠状態におちいっている。前の晩には、人間の本性について長々と話していた。人は陸にあがるまでは海にいたんだ、だから自分たちの出どころを思い出すために、海を見なくちゃいけないんだ、などと言って。

それから頭の中にあるいろいろなことをくわしく説明することにしたらしく、話は突拍子もない結論に飛躍した。憎しみっていうのはピラミッドのかたちをして回転しているんだとか、うんざりすることにはネバネバした矛盾の性質があるんだとか。あげくの果てには眠りにつく前に、数字にはひとつひとつ、対応する言葉があるから、そのうちに数字だけでものが言えるようになるんだよと言ったりしていた。兄にとってはそんな話を聞かされるのは拷問のようなもので、弟は熱と飢えのせいで、取り返しのつかないダメージを受けてしまったのではないかと思わされてしまう。

「最初のうちは、足が痛くてたまらなかった。スプーンでひづめの中身を空にしてから、二個ずつ黒皮の紐で結んで、指を曲げられるようにしたんだ。ドラゴンの卵の殻みたいな、それとも偶像神の頭骸骨みたいな臭いがぷんぷんしていたよ。足が痛いのなんのって、足首から血が滲んでくるし、指の爪も剝がれちゃった。だけどだんだん慣れてきたから、ひづめの靴であちこちへ出かけて、陸地を横切って歩いた。ボクが通ったあとは砂漠になった。みんなボクを見ると逃げ出して、ボクはそれが幸せだった。同じ場所で何回も飛び跳ねていると、土が黒くなるんだよ。何年もそうやって世界中を歩きまわった。空から見ると、ボクの歩いた道筋は治らない傷あとみたいに見えるんだ。

そのうちに、道や森を歩くだけじゃなくて、人を踏んづけて歩いたらどうなるかを知りたくなって、みんなが集まって寝ている小屋に入って、石蹴り遊びをするみたいにひとりずつぴょんぴょん踏みつけて歩いてみた。初めのうちはなんともなかったけど、叫んだり吐いたりしながらだんだんみんなが目を覚まして、ブドウみたいに内側から干上がっていった。床には黄色いシミができて、身体の色が茶色と赤のまだらに染まっていったよ。まるで一本のろうそくとしょんべんの水たまりから浮かび上がった、光を知らない貧乏人の虹みたいだった。すごい、ボクは絵描きみたいに大事なことをしてるんだと思った。大人は子供より早く干上がるんだよ。それに、大人は死ぬのがわかっても泣いたりわめいたりせずに、観念して静かに死を受け入れてた。ボクはそれからも、町や民族を踏んで歩いた。ひとつの言語がそっくり消えてなくなっちゃったところもあったよ。その言語が話せる最後の男を、自分までケガをしそうなくらいに興奮して踏みつけてやったから。

でも、ボクも何年か前からすっかり年をとっちゃって、子供のときからはいてきた靴を初めて脱いだらね、足が子供みたいに小さいままだった。傷もない、きれいな足で、いい匂いまでしてた。脱いだ靴は金の箱に入れて、その箱を銀の箱にしまって、それを鉄の箱に入れてから、埋めたんだ。ボクが昔住んでいた家から半日歩いたところにある、森の穴に。そして、その穴には息子たちのなかからふたりを置いてきた。この先どんなことがあっても、ぜったいに、だれにも盗めないように」

37

兄はときどき眠れない晩がある。いやな思い出がまつわりついている悪夢のせいだったり、森から響いてくる音がひときわ大きく聞こえたり、闇の深さに胸騒ぎをおぼえたりするときに。穴にとらわれてもう五週間がたついまとなっては、眠れない苦しさは、ばかばかしいほどちっぽけな生活域にもうひとつ加わっただけの、どうでもいいような問題でしかない。圧迫された息がつまる世界にいれば、どんな人だって眠れなくなってしまうんだ、と兄は思う。だから傷つけられた民衆が蜂起するのは、ペストみたいに、夜と決まっているんだ。

眠れない兄は、いまもそうだが、あお向けに寝ころがって星の数を数えて過ごす。なにかが飛ぶ音、息づかい、うなり声に耳をそばだてるしか、することがない。寝ている弟はそっとしておいてやりたい。蝶の骸骨みたいにもろく見える。

海洋がそっくり収まりそうなくらいに広範囲に感覚が研ぎ澄まされた兄の耳は、はるか遠くで枝が折れる音まで聞き分けている。森の雑草をかきわけ、くぼみを踏んで、ひっそりとつま先立って歩いてくる足音。穴の縁までやってくると、立ち止まり、兄弟が閉じ込められた檻を展望台から見下ろすようにして、周囲をひた、ひたとキツネみたいに抜け目なく敏捷に動いている気配がする。

兄はそのままにしている。じっと身動きせず、声を出さずに息も殺して、正確な位置をつきとめようと耳をそばだてる。カラスのまぶたですら、月で囲われたくらいにくっきり見わけられるほど、その瞳は大きく見開かれている。どこにいるのか、もうわかっていた。

あそこだ。

突き出された頭が穴の底を覗きこむ。

兄はその顔を知っている。

向こうも兄を見返す。

そして姿を消す。

呼吸が早くなり、心臓が早鐘のように打ってすっぱいものを吐き出しているが、兄は声を漏らさない。あごを引き締め、歯茎が痛むほどギリギリ歯を食いしばる。消化不良で食べたものが胃から逆流してくるみたいな叫び声がせりあがってくるので、それを抑えこんでくれる苦痛が、むしろありがたい。

大声で叫ぶよりもかなたへ届いてくれ、風よ、夜をつき抜けてひとことひとことを運んでくれ、そう願いながら、兄は低くつぶやく。

「殺してやる」

41

泥団子の耳栓をしている兄には、弟が大声でわめいている声が聞こえない。けれども空気の流れが変わった気配を感じとる。振り向いてみると、弟が腕を振りまわしながら、必死の形相で口をパクパクさせてこっちを見ていた。耳栓を外すと、声が届いた。

「だんぐのあてさだ！　だんぐがまほろみ！」

何を言っているのかわからない。またいつもの幻覚に浸っているのだろうと思い、耳栓を戻しかけると、弟はその手を払いのけ、震える指で自分ののどを指しながら、さらにわめきつづけた。

「がらさらなの？　からわいない？　だんぐのあてさだでじゃうんしんよだ！　じゃうんしん！」

懸命になって叫んでいるところをみれば、何かよくない問題が起きているらしい。どうやら幻覚ではないようだ。言葉がうまく話せなくなっている。紙を小さく引き裂いてもう一度貼りあわせてみると、もとの四角いかたちに戻らなくなってしまったようなぐあいに。

「くぼのれこがなくでだらか、とんなかくれして！　とんなかしてれこ！　わいよこ！」

これまで一人でわけのわからないことを言いつづけていた弟がこんな事態に見舞われるはめになったことに、兄は皮肉を感じずにはいられない。そう思うと、久しぶりに笑いがこみあげそうになり、それを押し隠して弟に言う。

「心配するな。だんぐのあてさだはなんとかしてやるから。だんぐはだいじょうぶだ」

そう口にしたとたんに、兄は石切り場の岩が崩れ落ちてくる勢いでケラケラと笑い出してしまい、にらみつけてくる弟の怒った顔を見ても、崩れてくる岩はとめることができない。

「悪い、怒るなよ。だんぐはな――」

こらえきれず、また笑い出した兄は、もう自分を抑えられなくなり、いよいよ可笑《おか》しさが増していくばかりのだんぐのループにはまりこんでしまう。兄は膝をついて二つ折りになり、脇腹や喉やあごが痛くなるほど笑い転げた。弟も自分を抑えることができなくなった。その理由は兄とは違い、怒り、混乱、不安にとらわれ、これまでとは異なる孤独感におそわれていたからだ。頭のなかでしばらくのあいだ、過激な考えが飛び交った。このままちゃんと話せなくなったら？　ものを書くことも、自分の記録を残すことも、兄を死ぬほど殴りつけてやることも、背骨を蹴りつけて骨をへし折って動けなくしてやることも、さようならを言うことも、愛してると伝えることも、罵ることもできなくなったら？　まだ地面に四つん這いになっている兄に指を突きつけながら、弟は怒鳴る。

「はじょうくもの！　すのもごくらいつんだ！　るさゆいな！　たきためのしてまだせらやる！　らうわのめやをろかばろやう！」

弟の言葉は火に薪《まき》をくべるようなもので、兄の大笑いはいっそう大きくなる。非難して突き立てている指も怒った顔も、かばろやうという明らかな罵声も、可笑しくてたまらない。兄は息をつまらせながら身体をよじり、弟をいたわる言葉を探す。

そして攻撃のしるしに弱々しい蹴りを入れてくる弟を、なだめにかかる。

「蹴るなよ、悪かった。もう笑わない」

もうひとつ、蹴りが入る。

「やめろ、謝ってるじゃないか。起き上がるからちょっと待ってろ」

またひとつ蹴りを入れる代わりに、弟は叫ぶ。

「やかくてしろ！」

兄はこみ上げてくる笑いの発作を抑えて、答える。

「ああ、やかくてするさ。心配するな、なにが起きたかわかっているから」

「してなこたなかどを？　してくおえれ」

「ちょっと会話の能力に問題が出たんだ。しかし大したことじゃない、そのうちもとに戻る」

「とうにほねんだ？」

「ああ、とうにほねんだ。オレの言うことを信じろ。力を抜いて頭を休ませるんだ。おまえはずっと考え通しじゃないか、そういうことはやめなくちゃいけない」

「たんといこってそな、いくたつでいしょうなだ。つれうまきいこうせういくからだか。しおかくまうってしよ」

「ああ、よくわかる。わかるよ」

兄はそう言って弟の肩に腕をまわしてやる。優しくしてもらった弟はぶるっと身ぶるいすると、兄にもたれかかって身体を震わせながらおいおい泣き出してしまう。すすり泣きながら、弟は言う。

「すだいだきよ」


数時間後。すり切れたノートを広げてこっそり読み書きを勉強する奴隷のように、弟は小さな声で会話を練習している。〈兄弟〉を思い浮かべてそれを口にすると、〈しみらお〉になってしまう。〈馬〉を考えると、〈あつしまよ〉になる。どうすることもできないので、ひとことで言えるもうちょっと簡単な言葉から始めることにする。〈陽《ひ》〉。

「くろん」

「ふぁああい」

「とひ」

「ひいん」

「ひん」

「ひん」

「ひ」

言えた。信じられない。もう少し声を大きくしてまた言ってみる。

「ひ」

「ひ！」

「ひ!!」

喜びに顔を輝かせ、立ち上がって「ひ！」と叫びながら、弟は拳を握りしめて目を閉じ、両腕を高々とさし上げて「ひ!!」、「ひ!!」、「ひ!!」と水たまりを跳ねまわる。剣士があげる雄たけびに平和な眠りから引きずり出された兄は、

「ひだって？　すっかり夜になってるじゃないか」寝ぼけまなこで言う。

弟はなにも言わずに、幸せそうな笑顔をみせる。

43

何日か経つうちに、弟の失語症は少しずつ回復してきた。ごく簡単な単語は苦労せずに言えるようになった。けれども難しい言葉はまだ思うようにいかない。まとまったことを言おうとしたり、気の利いたことを言おうとしたりすると、とくにそうなる。曖昧な会話では、伝えられなかったところを埋め合わせなくてはならない。

「はらすく」

「おまえは厳密に必要な量を守っていればいい」

そう言われても、弟の言い分にも理由はあった。木の根、昆虫、虫の卵、ミミズ。長いあいだ手当たり次第に食べものを漁ってきたせいで、口にできるものが日に日に少なくなっている。兄が決めた配分のせいで、身体を動かすのもやっとというありさまだった。一日のほとんどを植物のように横になって過ごし、脚や尻に痛々しい床ずれができてしまった。兄も痩せて青白くなった。それでも弟よりも食べているおかげと、とり憑かれたように続けているトレーニングのおかげで、まだあるていどの元気を保って見える。このままでは遠からず弟がまいってしまうことがわかっているので、兄はなにか食べるものが見つからないか、壁の奥の硬い土まで掘り返し、肩まで腕を入れて探しまわる。そんなかっこうで何時間も粘っているうちに、小さなミミズを探りあてた。無理やり穴を掘ったときに貴重な一部がちぎれてしまったが、それを弟に食べさせてやった。弟は無言で舌だけ動かし、ミミズをのみ下す。

ミミズを味わいながら、弟は魔法の秘薬を食べているんだと想像をめぐらせる。すると超人的な力が身についた気がしてくる。ハヤブサみたいに空を舞うことができて、百人力が出せるし、世界中の言葉だってわかるんだ。この穴を出てやろう。そう決めて腕を羽ばたかせると、手のひらひとつ分浮き上がる。手のひらふたつ分、みっつ分。浮き上がっていくにつれ、これまでは見えなかった木の根が見え、兄が小さくなっていく。ようやく穴から顔が出た。どうどうとした森が視界に広がる。と、その瞬間にいきなり突き出された杭《くい》でがつんと殴られ、真っ逆さまに転落してしまう。痛みをこらえ、また上昇していくと、どこからともなく山ほど杭が突き出され、えり首や腕をしたたかに殴られてふたたび落下してしまう。最初の自信が消えてなくなるよりもはやく、むくむくと憎しみがこみあげてくる。頭上には百本、千本もの杭が音のしないオルガンの鍵盤のようにうごめいている。包囲された蚊のように、弟はやみくもに軍隊の天蓋に突っこんでいき、今回は容赦なく打ちかかってくる杭にはたき落とされなかった。ボクには失うものはないんだ、ミミズにもらった百人力には不死身も入っているんだろうか。そう考えて宣戦を布告する。武装した大群が立ちはだかる。おまえたちに戦う資格はない。弟はそう告げて、彼らに襲いかかっていく。

午後になると、兄は降参して弟とならんで腰をおろす。空腹がおさまらない。兄弟の片方は、人肉を食えばいいとささやきつづける声をふり払う。大地の奥深い地下室に置き去りにされた彫像にときが滑り去るようにして、ふたりの時間が流れていく。

　そのとき、太った鳥が一羽、互いの足もとに舞いおりた。鳥は後悔したがもう遅かった。

47

「やろうめ、こんちくしょう」

飛びかかってきたふたりの手で、鳥はあっという間に絞め殺された。ひもじさのあまりに兄よりすばやく動いたのは弟のほうで、首根っこをつかまえ、飛び立とうとするのを逃げられなくした。両手の親指と人差し指でぎゅうぎゅう締めつけたので、息ができずに死んだ鳥は頭がもげてしまったように見えた。

「このクソやろうめ」

面倒なことになったのは、そのあとだった。待ってましたとばかりに鳥の腹にかぶりついた弟は、すぐさま兄に乱暴に押しのけられた。あお向けに尻もちをつき、弟は歓喜の表情から怪訝な顔つきになり、それから怒りに満ちた顔になる。

「クソったれのゲス野郎のこの」

殴りかかってくる弟の攻撃をかわしつつ、兄はいますぐ鳥を食べてはならない理由を説き聞かせる。胃が小さくなっているのに生肉や胆汁、臓物を食ったりすれば、消化不良になっちまう。一口のみ込んだところで猛烈な吐き気に襲われてすぐに嘔吐しちまうし、なんとかその一部は胃のなかにおさまったとしても、ものすごい下痢を起こして押し出されてしまうんだ。

「くそくらえのチクショウめ」

弟は意見が違っていた。弟の言い分はこうだ。これまで虫だの幼虫だのイモムシだのをさんざん食ってきたんだから、生肉くらいへっちゃらになっているはずだ、うちじゃ大嫌いだったけど、肝だって平気だ。鳥に肝があればだけど。そんなことを言うのは、ボクに一口でも鳥を分けるのが惜しいからに決まってる、ずっと前に決めた食べものの分けかたを変えたくないからなんだ。

「あんぽんたんのカス」

ますます興奮して怒り狂っている弟に、兄は説明を続ける。こいつはな、料理してから食うのがいちばんなんだ。焼くなり煮るなりしてからな。しかしそうするための道具がないし、この穴には水分が多すぎて火が起こせない。燻《いぶ》したり、塩漬けにしたり、酢やオイルでマリネにすることもできない。だからどうすることもできない。

「死んだら、死体にクソしてやる」

だがな、方法がひとつだけある。食えて、それもこれまでに食ってきたもの全部よりもたくさん食える選択肢だ。ただ、難点は待たなくてはならないことで、それまで一日か二日、場合によれば三日ほど、一口も手をつけられない。つまり、もうしばらく空腹を我慢すれば、大ごちそうにありつけるというわけだ。

「くそったれがクソ食らえ」

鳥が腐ってハエがたかり、ウジがわくまで待とうという話だった。ボクには食べさせずに、虫けらに食わせるなんて不公平だ、と弟は猛烈に抗議する。兄は諭《さと》した。土に埋めずに空気にさらしておけば、腐敗が早まる。集まってきたハエやウジ、何百匹というウジだぞ、それが何日も食えるんだ。それも、オレたちがこれまでに食ってきた食べものだから、なんの心配もいらない。

「こんちきしょうのあほんだら」

弟は納得しなかったが、兄には逆らえないので引き下がるしかなかった。兄は要塞のごとく、死んだ鳥の前に身体をはって立ちはだかっている。弟がぐっすり寝込んでいるすきに、うとうと仮眠をとるだけだった。ちょっとでも気を許せば、弟が食らいついて骨までしゃぶり尽くすだろう。

「そのアホ面をひっぺがしてやりたい」

最初の晩はつらい我慢を強いられた。翌日はもっときつかった。たがいを思いやる言葉も、おはようの挨拶も、いつもの日課も消えてなくなり、荒んだ不愉快な時間が流れた。緊張と沈黙がかまどの不快の火をめらめら燃やしつづけた。鳥をはさんで兄が向こうの隅に、弟はこっちの隅にすわり、鳥の腐臭がいっそう神経を逆なでしていた。戦闘で死んだ時間が凍りつき、ときが止まってしまったかのようだった。

「うすらとんちきの大ばか野郎」

やがてハエが数匹、腐肉にたかり始める。兄はそれを一人で平らげ、勝ち誇った笑顔をみせる。つづけて集まってくるハエを丹念に捕まえ、弟にも食べるように勧めるが、弟は首を横にふる。意地を張っていると飢え死にするぞ。兄の言葉に罵り返す。

「あほんだらのバカタレ」

ほどなくすると、腫瘍《しゅよう》がのたくるようにして羽根の下でウジがうごめきはじめた。最初は小さいウジばかりだったが、やがてくっきり節のある丸々とした大きなウジが身体をくねらせて開口部を出入りするようになった。兄は幸福そうに顔を輝かせる。首のあたりにいた一匹を二本の指でつまみ上げると、口に放り込み、ゼラチン状の身と汁がとけ合って口のなかで爆発するのを感じながら、こんなに美味いものははじめてだと悦に入る。

「クソくらえ」

兄は弟の罵りと蔑みの視線を浴びながら、もう数匹をぱくついた。そして満足すると、いちばん大きなウジを探しだしてすすめる。

「おまえも食え。美味いぞ」

「ウジなんかくそくらえ、いらない」

「チキンステーキみたいだぞ。それに冷えていない」

「くそったれ、おっちんじまえ」

「食わなきゃ自分が死ぬぞ」

「アホ面を見なくてすむからいいもん」

「食うんだ」

空腹で死にそうな弟は、身体が勝手に反応してしまう。いやだと言いながら差し出した手の上に、兄は熟れたりんごみたいにジュクジュクした超特大のウジを置いてやる。

「わからずやのとんちき、大きらいだ」

弟はついにそれを食べる。ねばねばする肉を何回も嚙みしめ、ほろ苦い汁が舌の上で躍るのを味わっていると、飢えた犬みたいにだらだらよだれが垂れてくる。チキンステーキなんてもんじゃない、だんぜんそれよりいい味だ。幼い自分に戻った弟は、泣き出してしまう。

「すごい、やっぱり偉いんだ。兄ちゃんが好き、大好き」

ふたりは一晩中、大ごちそうにありついた。

53

「そうしようと思えば、ボクはね」弟はあお向けに寝っ転がり、十字架にはりつけになったかっこうで腕を広げながら言う。「いろんなことの秩序を変えることだってできるんだ。昼寝の後で身体が冷えないように、午後の太陽の向きを変えられるし、村の懐かしい匂いをここへ持ってくることもできる。焼きたてのパンの匂い、リンゴパイ、チョコレートの香りがぷーんと流れてくるように。この穴から上の木まで螺旋《らせん》階段をかけることだってできるよ。そして落っこちずにまたぴょんぴょん降りてこられるように、それを曲げることだって。水をミルクに変えたり、虫をニワトリにしたり、木の根をお菓子のリコリスにすることもできるんだけど、そうしようと思わないんだ。なんにもしたくないから。ここにこうしていて、宇宙がボクのまわりを回転してるだけでじゅうぶんだ。死んだ人はそういうふうになるんだよ。

生きてる人は——生きてる人はね、子供みたいなんだ。死ぬためのゲームをしてるんだから。ボクは死ぬことなんてこわくないっていう人たちを見てきた。死をかわしちゃうようなずる賢い人、死に振り回されるだけの弱い人、いろんな人たちのなかで生きてきたけど、死を考えて生きているだけの世界がどんなにちっぽけな、意味のないものかってのがわかってた人は、一人もいなかった。ボクにもわかってなかった。これまではね。だってほら、見て——大股で、三歩だよ。壁にぶつからずに歩ける距離は、たったこれだけ。大股で三歩。ふたりとも、こんなにちっちゃい世界にいるんだ。がっしりあごに咥《くわ》えられて、口のなかでじわじわ溶かしてしまおうとよだれを垂らして待ちかまえられているみたいな。ボクは闘っても、死ぬのを引きのばすだけのことなんだ。それだけのこと？　人間は、ドアも窓もない壁に閉じこめられて生きなくちゃいけないの？　生きているあいだには、これよりもっとましなものが先にあるっていうの？　あるんだよ、兄ちゃん、あるんだ！　ボクは知ってるんだ。だれにも見えない頭のなかには、ボクを押さえつけるものなんてひとつもないんだから。それは壁もないし穴もない、ボクだけの場所なんだ。ほんとうにあるんだよ、だって、ボクはそのおかげで変わってきたんだから。痛いのだって前とは違うし、毎日が永遠になった。時間っていうのは、目ん玉のなかの十字路なんだ。ボクの子供時代は明日のことで、最初の一歩を歩くのも、初めてことばを話すのも明日なんだ。それってわくわくするすごい気分だよ、夏がきたときみたいな——。ボクが病気になってこんなことを言ってるんだって思ってるんじゃない？　違うよ、なんにもわかっちゃいないんだな！　自分でちゃんと試してみたんだから。ボクの言うことなんて信じてもらえていないのは知ってるよ、でもだからって、ウソじゃないんだ。ボクに見えているものが兄ちゃんにも見えたらいいのに。毎日のこの暗さが。だけど、口じゃ説明できないあったかいものもあるんだよ。愛にすごく近いものが……。感じない？　お腹のなかの赤ちゃんみたいに、ボクたちを包んでいる液体があるのがわからない？　この壁は、膜なんだ。ボクたちはそこにぷかぷか浮いて回転しながら、なかなかやってこない分娩のときを待っているんだ。この穴は子宮で、ボクたちはこれから生まれようとしているんだ。ボクたちの叫び声は、この世界の生みの苦しみなんだ」

兄は黙って弟の言うことに耳を傾けているが、言っていることはほとんどわからない。弟が言うことは日を追うごとに、ますます理解不可能になってきた。そのうちに自分だけ置き去りにされ、弟は振り向きもせずに歩み去ってしまうんじゃないかと思えてくる。兄は弟に言う。

「おまえが生まれたときはな、医者が来るのが間に合わなかったんで、オレが母さんの腹から取り上げたんだぜ。台所が血の海になって、おまえはブタみたいにピーピー泣いていた。どうすれば泣き止むのかわからなかったから、口に指を突っ込んで吸わせてやったんだ。母さんは眠っていて、おまえもしばらくすると寝てくれた。でもちっちゃいし、胸は上下していないし、動きもせずにじっとしている。オレは慌てたよ。死んじまった、指が汚かったから毒でもまわったんだ――そう思って、大声をあげた。声がでかすぎておまえは目を覚ましたが、オレはそれでもまだ叫んでいた。とんでもない世界にきちまったとおまえは思ったことだろう。オレはそのあと、何週間も何か月も、それを考えて眠れなかった」

「どうしてボクにそんな話をきかせてくれるの？」

「死ぬのは怖くないってことを、わかってもらいたいからさ。オレは死んだらすべてが終わっちまうと考えてるわけじゃない。生きているあいだには、思い切ったやり方をとるしかない状況に追いつめられることもあるだろう。とてつもない犠牲を払うような状況にね。オレは、それは受け入れられる。しかし、おまえがこの穴みたいな寒々としたところで成長することだけは、我慢ならない。惰性に流されるだけの文明に生きて安らぎを知らずに朽ち果てる墓場でな。野原に咲くこともなく枯れてしまう花みたいに。オレはおまえが死ぬことを想像すると、世界がちっぽけなものになっちまうんだよ」

弟は自分を創造者と呼ぶことにして、兄のためにあれこれと文化活動を編み出し始める。とはいえ、そうするのもそもそもは、空想がとめどなくあふれ出してくるからだった。

弟の文化活動には、自分で〈ホネホネ植物音楽〉と名づけた、乾いた木の根で自分の骨をたたいて演奏する音楽もあった。身体のあちこちの骨を使うのだが、なかでも膝と腰骨、肋骨と鎖骨が活躍した。本人はそれでも、腕と頭をぐるぐる回せて脊髄も思いっきりボキボキ鳴らせれば最高なのに、と思っている。ガリガリに痩せ、曲がり角だらけのうらぶれた貧民街みたいな身体つきをしているせいで、軟骨をたたいてみたり、胸や腹を手のひらでばちんとたたいたりすると、鋭い音、澄んだ音、多様なバリエーションを組み合わせた音楽を創りだすことができた。一定のリズムを基本にしたベースラインで奏でられるある種の協奏曲は、骨をたたいて出した音ではありながら、ところどころの独創的な響きにはそれを忘れさせる音楽性があった。音のシンフォニーを奏でるときもそうだったが、弟は前口上を言うところでとりわけ幸せそうな顔になった。もったいぶって演奏にかかる位置についてから、オリジナリティ豊かな曲名をつけた作品の内容を説明する。〈膝頭と肋骨の歌〉、〈腹ぺこの指たち〉、〈夜の頭蓋骨〉。

弟は「穴の洞窟展鑑賞ツアー」も企画し、展示期間限定のさまざまな絵画展を披露して、指で長い時間をかけて壁に描いた絵を見せた。それはたいてい、石や木の根、腐った葉っぱで抽象的な絵を飾った作品だった。残念なのは、スペースが限られているせいで作品が二点か三点しか入らないことだった。それで胸が張り裂ける思いで先に描いた絵を消し、そこに次の作品を飾る。すべて保存して時系列に陳列することができたとすれば、観察眼のある人にはよくわかったことだろう。イエスの受難の各場面をあらわす十字架の道のようにして、穴の底での暮らしが語られていることが。〈人間をかぎつけたオオカミの群れ〉、〈海の襲撃〉、〈初めてのイモムシ〉、〈鳥の価値ある死〉などは、そのなかでも喝采を浴び、もう少しで永久保存されそうになった大傑作だった。

それなりに元気があるときの弟は、それよりも奮闘が求められるような創造性も発揮する。身ぶりで演じる芝居や、流行りのダンス、人間彫刻、曲芸。ときには兄もそれに参加した。そんなときはふたりで盛り上がったが、食べものが枯渇してきた最近は、お祭り騒ぎの回数が減っている。

その日の演《だ》し物が終わると、観衆の兄は長いあいだ喝采と口笛、拍手を送る。弟にその気がありそうなときはアンコールをせがみ、弟はうやうやしくお辞儀をしてそれに応えて、二度と再現できない展開の数々に、一緒に声をあげて笑う。

それから何時間かすると、すっかり疲れて空腹を抱え、なにをしてなにを見、聞いたのか、ふたりともほとんど忘れ去ってしまう。

61

「きみはだれ？」弟は訊く。

「わかってるだろ」弟が答える。

「どうやってここに来たんだい？」

「君と同じさ。穴に落っこちて」

「これまではどこにいたの？　一度もきみを見なかったけど」

「黙ってたんだ」

「で、いまはそうじゃないんだね」

「話そう」


兄はイノシシみたいな大いびきをかいている。

「ボクは死ぬの？」弟が訊く。

「いつかはね。怖いの？」弟は答える。

「ときどき。言いたいことがあるのに、それを言う時間がなくなっちゃうのがこわいんだ。兄貴には幻覚を見てると言われるんだけどね。わかってないんだ。もっとせっぱつまってることなのに」

「べつに君だけ特別ってわけじゃないだろ」

「そんなことないよ。ボクはだれも考えていないようなことを考えて、だれにも見えてないものが見えてるんだ。見えたとしてもそれが何なのか、ほかの人にはちゃんと理解できないんだよ」

「まるで本当のことがわかってるような言いかただな」

「そうじゃなくて、これ以上間違いつづけていくことに疲れちゃったんだ」

「それじゃいまは、もう間違えないのかい？」

「うん。間違ってるのは周りのほうだ。この穴も、壁も、森も、山も。ボクは長いあいだ混乱してたけど、もうだいじょうぶ」

「あんまりだいじょうぶそうな顔に見えないよ」

「ボクは死ぬんだ。これまででいちばんいい気分さ」


「いつかこの穴から出られるのかな」弟が訊く。

「君はね。あと二十八日以内に」弟は答える。

「兄貴は？」

「そこに寝てる人は、出られない。骨はこの穴のなかで灰になるだろう。君が生きられるように、だれかが死ななくちゃならないんだからな。わかってるだろ？」

「死んじゃいやだ。強くなってるのは、ボクのためなんだ」

「君のために強くなる人はたくさんいる。そのときが来れば、みんなに感謝するだろう。君の兄さんにもね」

「どうやって感謝したらいいの……ボクにはなんにもあげられるものがないし。何かが入っていなくちゃいけないところには、空っぽの穴があるだけなんだ」

「それについては、どうすることもできないんだよ。君が毎日感じている渇望の穴は、だれにも埋めてもらえない。腹いっぱいになることはできないんだよ」

「まるで牢屋に入れられてるみたいだ」

「そうだろうな。かわいそうに」

「同情してくれなくてもいいよ。ほかのやり方もあったのに、ボクが自分でそうすることに決めたんだから」

「最後まで行ったら、何が見つかると思う?」

「あんまり気にしていない。罰かもしれないし、ごほうびかもしれない。そうでなければ苦しみがあるのかな。真っ白な、目が見えなくなっちゃうくらいの、ものすごい苦しみが。ボクにとっては同じことさ。いのちってすばらしいものだけど、生きることほど苦しいものはないし。ボクはね、存在の記録を残したいんだ。百年のあいだ長い長いことばをひとつだけ口にして、それを遺言にするみたいにして」

「だれのための遺言?」

「その意味をわかってくれる人のためさ」

「ボクを忘れずにいてくれる人はいると思う?」弟が訊く。

「君と同じ時代の人たちはな、たぶん。同じ世代の人はね」弟が答える。

「それだけじゃ困る。ボクは世代ってやつに入っているのかなあ。ボクの大事な人たちは、みんな年が離れているし。ボクはみんなに覚えててもらうんだ。この地上に残される最後の一人まで、全員に」

「なぜそうしなくちゃいけないんだ?」

「ボクにはわかってることがあるからだよ。これからやろうとしていることのためにも。この穴を生き延びるから。ボクには見えているものがあるから。ボクは新しい言葉をしゃべるから。ボクは大きいから」

「うそつけ、小さいじゃないか」

「それはただの呼び方さ」

67

　弟はじっと動かずに、腹話術師が操る人形みたいに口のなかでなにかをつぶやいている。そのあいだに、兄は血尿を出し、オレにはもう時間が残されていないと悟る。赤い水たまりが土に吸い込まれていく。肉体が最後の警告を発しているらしい。オレは無茶をしすぎたんだろう。しかし家でふつうに食事をしていても、腎臓はいずれにしたところで同じように今日、だめになっていたかもしれない。土をかぶせて血の跡を消し、兄は笑顔で言う。

「今日はすごく気分がいいぞ」

　弟は虚《うつ》ろな目で見返す。オレみたいに出血しているのを隠しているんじゃないだろうか。紙みたいに薄っぺらい身体で血を出したりすれば、ひとたまりもないだろう。しかしこいつはこの数週間、どれほどつらいことにも耐え、なんとしても生き抜こうとする気概をみせてきた。やつれきった小さい身体で、空腹とのどの渇き、高熱、暑さ、寒さと全力で戦い、頭は病んでしまったが、魂は変わらずにしっかりしている。

ひょうひょうとした自分本位の姿勢、グレーの豊かな濃淡で自分の世界を構築している弟が、兄にはうらやましくもある。

「遊ばないか?」

弟はぱっと顔を輝かせる。

「いいよ。何して遊ぶ?」

「当てっこゲームだ」

「いくぞ。見える、見える」兄が始める。

「何が見えるの?」

「あるものが」

「どんなもの?」

「〈く〉で始まるものだ」

弟は眉をよせてないヒゲをさすり、半眼になって考える。兄のことはよく知っているので、何を考えているのかもう見当がついている。穴の底で見えるものは、それほどたくさんあるわけじゃない。でも楽しまなくちゃ。遊びのいいところは、楽しむことにあるんだ。

「食いもの！」

「はずれ」

囚われの状態で思いつく〈く〉のつく言葉が、次から次に頭に浮かんでくる。兄をもう少しじらしてやろうと、弟は粘ることにする。

「食い意地！」

「はずれ」

「くぼみ！」

「違うったら！」

手綱《たづな》を緩めるほうがよさそうだ。兄がいらいらし始めている。

「食いしん坊！」

「いいや」

「難しいよ、ヒントをちょうだい」

「そうだな——目に見えるけれども、手で触れないものだ」

幸せの瞬間がやってくる。もう待てない。

「雲！」

「あたり！　やったな！」兄は満面の笑顔になる。

「もういっかい！」


「次は〈き〉で始まるものだ」

ほんとうに単純なんだから、と弟は兄の発想に感心する。黒か白にくっきりわかれた世界にいれば、なんでも簡単に決められるんだ。正しいことをするのにも、迷ったりしないだろう。

「気分！」

「はずれ」

穴のなかの兄ちゃんに見えているのは、木の根なんだ。犬みたいな目でものを見るから、ほかのものは見えていない。それが兄ちゃんの素朴で、すてきなところなんだ。肉をひときれもらってお腹をさすってもらえれば、自分は愛されていると思えるような。弟は、手で触ることのできない確かなものがほかにあるのを知っている。

「気まぐれ！」

「違う」

黄色い葉っぱ。キンタマ。傷。キツツキみたいな笑い。規則。着るもの。兄ちゃんもそれを知っていれば、もっともっと楽しめるのにな。かわいそうになり、少し手加減することにする。

「木の枝！」

「近いぞ！」

「近づいた？」

「ああ、もう一歩だ」

兄にばかだと思われるのはいやだ。

「木の根！」

「それだ！」

「やったね！」弟は特別大きな声をあげて笑う。今度はボクの番だよ。

「よし、しかし曖昧な言葉はなしだぞ。目に見えるものだけだ」

「わかった」


「見える、見えるぞ」

「何が見えるんだ」

「あるもの」

「なんだ、それは？」

「〈ふ〉で始まるんだ。〈ふ〉だよ！」茶色い土を見つめながら、弟は弾んで答える。

71

「人間を檻のなかに閉じ込めて、それからね」弟は説明する。

毛布と、羽毛のクッション、鏡、それに大事な人たちの写真を渡してやるんだ。そして食事ができるような方法を何か考えて、そのまま何年もほったらかしにする。そしたら、どうなるかっていうと、たいていの人はおどおどして自信をなくした、檻のなかの人間として生きる人になっちゃうんだよ。

弟はつづける。極端な場合にはね、そのなかでも選ばれた人たちは、大切な器官が少しずつだめになったり、鏡を見ているうちに頭がおかしくなったり、いつかはかかるはずだった重い病気になったりして、死んじゃうんだ。

その反対に、何にでも立ち向かっていく性格の人たちは、心の声を無視できないから、いつまでも閉じこめられていることが我慢できなくなっちゃう。そういう人を何年も檻のなかに入れておいたりすれば、いずれそこから逃げ出すか、使えるものを使ってよくよく計画して自殺するか、柵を抜けられるように身体をちっちゃく切り刻んで死んじゃったりする。問題は、そんな反抗的な人たちにはね、人間として意識の肝心なところにもともと増えて広がる性質があるもんだから、一人が死んでもそのあとが二人に増えちゃうことなんだ。

そういうことになってると思って、想像してみて。そこら中のカフェ、本屋、教会、病院、それになんたって学校、どこもかしこも天井から檻がぶら下がっていて、そのどれかには、反抗的な、このままでは終わらないと思ってる人が入ってる。身体を捻じ曲げて丸くなってるそういう人たちは、自分の入ってる祭壇の周りから聞こえてくる曲がった心の人たちのガヤガヤに黙っていられなくなって、どんなに鋭いことを口にするだろう。どんなに手に負えない行為が世の中に送られるだろう。病院で病気や死を見てきた人が、機関銃みたいに記憶を吐き出すきれいなブルーのマシンみたいにして、それを言うんだ。教会でどんよりした沈黙とお祈りを押しつけられている、半分目が見えないような罪人《つみびと》も。想像できる？　摘みとられた花みたいに、萎れて閉じ込められているものすごく賢い人がそういうことを口にして、西から吹いてくる最初の風が冬を根こそぎにして吹き飛ばすんだ！

ねえ、想像してみて。

ボクに檻を開ける鍵が作れたらね。檻のなかの人たちを隠しておくことに世界が慣れっこになるまで何年も待つんだ。そして、閉じ込められたり、押さえつけられたり、無視されたりしてる人たちがいることがあたり前になって、みんながそういう人たちをおとなしい家畜か、ミイラか家具みたいなものとしか思わなくなったらね、そのときに檻の鍵を開けるんだ。

そしたら、自由になった炎が燃え広がって、どんな冬だって立ち向かえない無敵の夏が来るんだよ。

「そのときが来れば、ボクたちの世界になるのさ」と弟は締めくくる。

73

目を覚まし、弟は思う。幻覚は自分から進んで受け入れてみれば、正気をなくして魂をずたずたにされてしまうのとは違うみたいだ。心がまえが変わってくる。

「ボクはどうしてもここを出なくちゃ」弟は言う。

「出られるさ。もうすぐだ」

「そうじゃなくて、いますぐ出なくちゃならないんだよ。すごく具合が悪いから。だんだん頭がおかしくなってきた」

どこがおかしくなっているのか、弟には分かっている。消化器官はもう空腹にも天候にも抵抗するのをやめているし、まだ何日かは耐えられる力を残していても、頭はもとに戻せそうにない。脳の中心がぶくぶく泡立ち、前頭葉と側頭葉が頭蓋骨に締めつけられるみたいにズキズキ頭が痛む。足し算や引き算をするところ、言葉が生まれてくる深い部分、記憶がしまわれているあたりに、真っ赤な熱い針を突き刺されているみたいだ。脳の中のこのかたまりが耳から流れでてくれるように、骨を切り刻んで小さな破片にしてしまいたい。

頭が割れそうに痛いので、弟は両手でこめかみを揉みつつ穴の隅にうずくまる。生まれたばかりの赤ん坊みたいに口のなかでもごもご何か言いながら。

兄は心配そうに弟を見つめ、背中をさすって慰める。

「がんばれ」

何時間かすると、状況はさらに悪化してくる。弟はよだれを垂らしてあごをガクガク震わせ、うわ言のようにわけのわからないことを口走っている。

「ふるえる――頭――」

それに、何も食べようとしない。腹が空かないからだが、それどころじゃないのだ。深い裂け目が口を開け、思考の壁ががらがら崩れていく。分別が奈落へ落ち込んでゆき、裁きのかまどにくべられて粉塵《ふんじん》に包まれている。弟は少しずつ現実世界に別れを告げて、打ち負かされそうになっていた。

「早くしなくちゃ――」

兄は弟を励ましながら、眠ってくれればそのうちに落ち着くだろうと期待することしかできない。まだ弟を外へ出してやる準備が整っていない。もう少し、あと一週間ほどあれば。チャンスは一度しかない。弟は限界を超えるほどやせ細ってしまったが、この二か月半の努力を無駄にすることはできないのだ。隕石に破壊されてしまった町みたいな痛々しい姿で苦しんでいる弟を見るのは、胸が張り裂けそうにつらい。自分だけが堂々として尊厳を保ちながら強く生きているのは、それ以上に苦しかったが、ここで同情することは許されない。誓いを守るためには、そうするしかなかった。


霧雨が夜の深さを和らげてくれている。兄は弟の口にミミズを入れ、のみ下せるようにのどの奥へと押し込んでやる。弟はおとなしくそれを受け入れる。

「ありがと。ありがとね」

「そんなことは言わなくていいから、食え」

「遠いところにいるんだ――」

「ああ。わかってる。しかしおまえは見えているよ」

「うそだ――ボクは見えないでしょ」

「いまも目の前に見えているし、おまえと話してるんだぞ」

「ボクと話してるんじゃない。ボクは、ボクの木霊《こだま》なんだから」

「話すのはやめて、なんとか寝るようにしろよ」抑えようとしても震えてしまう声で、兄は言う。

「もう何週間も前から、話してるのはボクじゃないんだ」

夜の闇をすかして見える弟は、黒い死に装束にくるまれているかのようだ。兄の目には、先史時代の子どもが描いた殴り書きさながらにぼんやりして見える。兄は弟を抱き起こし、小舟がたゆたうように腕のなかで揺らしてやる。百世代を貫いて太古の声が響きわたり、ふたりの心を震わせる。


眠れ、いい子だ、眠りなさい。人生はいいものだと人は言う。でも人がなにを言おうと、明日のことはだれにもわからない。眠れ、いい子だ、眠りなさい。おまえの日は、いずれきっとやってくる。心安らかに憩《いこ》える日が。眠れ、いい子だ、眠りなさい。冷たい夜がやってくる。ふたりのもとに。永遠の夜が。

兄は子守唄を口ずさむ。自分がなにを口にしているのかも知らず、言葉がおもむくままに。

弟はいきなり発作にかられ、土をつかみとると、何度も口に放り込む。砂粒で口のなかがじゃりじゃりし、ざらざら歯が擦れるので、まるで笑っているようなぐあいに顔を歪める。それからすぐに、前かがみになり、歪んだ笑顔をはりつけたままで、土と胆汁のどろりとした黒っぽい胃のなかのものを吐き出した。墓からよみがえってきた人のように見える。

「うげゲゲゲゲゲ、ぐぐぐゲゲゲゲゲ」

腹が空きすぎてそんな真似をしたのか。それとも自殺したかったのか？　兄には弟の行動が理解できない。しかしニヤニヤ笑いを浮かべているのを見れば、正気をなくしてしまったのは間違いないらしいと思う。弟はまた土をつかんで口に入れようとしている。兄は殴りつけてそれを止める。

弟は意識をなくしながら、まだニヤニヤ笑いを浮かべていた。

弟はときどき目を覚まし、われに返ったかと思えば、悲痛な声で叫んだり、めそめそ泣いたり、意味不明の言葉をつぶやいたりを繰り返している。熱は出ていない。というより、頭を殴られた拍子に脳みそがずれて、ひっくり返ってしまったのかもしれない。ひっきりなしにつばを吐き、ハエが羽ばたくみたいに目をしばたたかせて、滲んでくる赤茶の目やにをほっぺたにへばりつかせている。まるで見えない伝染病にじわじわ蝕《むしば》まれているかのようだ。

「みず」

兄は水を飲ませてやる。

「さむい」

兄は寄り添って横になり、自分の身体で温めてやる。

「あつい」

シャツをはだけ、うなじや首もとを濡らしてやってから、兄は脱いだ自分のシャツであおいでやる。

「お尻がよごれた」

ズボンを脱がせて湿った土できれいにしてやり、またズボンを引きあげてやる。

「こわい」

弟を抱き上げ、新婚の夫が妻にそうするように腕に抱えて揺すってやる。その身体は、片手で抱けるほどの重さしかない。

「ころして」

83

夜明けの空気はひんやり冷たい。森のざわめきに感覚がゆるやかに目覚めてくるまでもう少しまどろんでいるよう、温かい地面が誘いかけてくる。日差しがつま先から足首、すねにかかり、肌を焼かずに皮膚を温めて産毛を逆だてる。木の中で鳥たちがさえずりを交わし、いっせいに飛び立っていく。兄はもう目を覚ましているが、まだまぶたを開けずにいる。もう少しだけ、波に岸へと運んでもらう心地よさに浸りながら、うとうとしていたい。目を開いて空を見、重い影におおわれた土壁が目に入れば、この安らかな気分が消えてしまうのだから。

けれども心を決め、まぶたの筋肉に意識を集めて、思いきって目をあける。朝が洪水のようになだれこみ、一気にカーテンを引き開けていくので、しばらくはまぶしくて目がくらみ、世界がぐるぐるまわる。

地面もぐらぐら揺れてみえる。寝ぼけまなこであくびをし、目をこすって揺れている視界を落ち着かせる。それからあくびをもうひとつ。なんとなく、違和感を覚える。目をぱちぱちさせてから、視線をめぐらせてみる。何かが変だ。

弟の姿が消えている。

睾丸から心臓まで閃光が駆けのぼり、内臓が電気に打たれたように縮みあがって、細胞を震わせる。弟がいない。どっと無数の泡となってアドレナリンが噴き出して、眠気が金属片の雨あられに洗い流され、兄は酸性雨に打たれて濡れそぼったネコのように、その場に立ち尽くす。弟がいない。あちこちを見回してみるが、せわしなく首を動かしているのでほとんどなにも目に入らない。兄の脳は、目に入れた情報を保っていることができない。そんなことがあるはずがない。

待てよ。もう一度、ゆっくり時間をかけて見回してみる。土壁にはどこにも変わったところがない。手を使った跡も、足跡も、縄も見えない。この穴を脱出したのなら、飛んでいったとしか考えられない。兄はふたたびあたりを見回す。そして地面が掘り返されていることに気づき、視線を止める。隅の一角がたんこぶみたいに盛り上がっている。あんなものは前にはなかったはずだ。近づいてみると、掘り返されたばかりの土で小山ができていた。その先には、半ば口をふさがれたとも半ば口を開けているとも言える、穴が見えた。

そこに突進し、穴の入り口をふさいでいる土をかき出しながら、やっと事情が腑に落ちた。あいつは一晩中、ここでトンネルを掘っていたんだ。大声をあげながら、兄は穴に腕をつっこみ、それをふり上げて土をかき出す。手の皮膚が破れて真っ赤な棒きれになってくるあいだも、大声で叫びつづけている。爪がはがれてバネ仕掛けのように飛んでいき、ようやく最後の土塊をかき出して、一メートルほど向こうに土に埋もれた弟が見えたときも、まだ叫びつづける。弟は滑稽なほどまっすぐに掘られたトンネルに頭を突っこんでいた。泥まみれのボロ人形になってしまった昨日までの弟の足をつかみ、そこから引きずり出して地面に横たえ、汚れた靴を洗うかのように水をかけ、泥を洗い落とすあいだも、兄はまだ叫び声をあげている。

弟の目や耳、口のなかにこびりついている膿《うみ》を取りのぞき、胸に耳を押しつけて心臓の鼓動に耳をすませる。何も聞こえない。生きているのか、死んでしまったのか。唇に口をあてて空気を送り、両手で胸を押し、また口から空気を送る。自分の行動を意識しているわけじゃない。兄はただ本能にしたがって、そうしたほうがいいと思うあいだは、同じことをくり返している。それでも変化はみられない。弟は動かない。弟に送る空気が悲鳴になり、胸を押す手も、木槌で骨の棺《ひつぎ》を打ちつけているみたいに滅茶苦茶で乱暴になってくる。肩をつかみ、荒々しく揺さぶって地面に打ちつける。兄は自分のしていることが止められない。肩の手が固くこわばってしまい、開かないのだ。

首を捻じ曲げ、横向きに顔を地面につけている弟は、ついにひとつ、咳をする。喉から口へと泥混じりのべっとりした痰ががらがらのぼってくると、またもうひとつ咳が出た。わめいていた兄は口を閉じ、胸を押すのも空気を送るのも中止して、息をつめてその顔を見つめる。

「聞こえるか?」

答えはない。それでも胸が動いて見える。弟はようやくこの日初めて温かい息を吐き、未熟児みたいな弱々しい指がぴくぴく強ばったり、緩んだりする。

「聞こえるか?」

弟はまた咳をする。そして、また意識が遠のいていく前に、小さな声でつぶやいた。過去の文法を思い出したかのようにして。

「きゅうじゅうなな、にじゅうはち、じゅうご、に。はちじゅうきゅう、ひゃくじゅうなな、に、ご。さんじゅうなな、いち、はち、いち。ろくじゅういち、よんじゅうさん、さんじゅうよん、なな。ろくじゅういち、にじゅうきゅう、にじゅういち、じゅうに」


胴も足も土にまみれたままで、弟は壁に背中をもたせて座り、水を飲んでいる。その日の午後を、ずっとそうして過ごしている。兄は隣でまったく、というあきれ顔でそんな弟を眺めている。あれからふたりはまだ口を利いていない。

「何をしたんだ?」

「土を掘った」

「それはわかってる。なぜそんなことをしたのかを訊いているんだ」

「もうこれ以上ここにはいられないから。頭が変になってきた」

「トンネルを掘れば出られると思ったのか」

「上から出られないんなら、下から出てやるんだ。ミミズみたいに這いずっていくことになっても」弟はきっぱりと言う。

それを聞き、兄はそのときがきたことを知った。もう先へは引き延ばせない。

「準備しておけ。六日後に、おまえをここから出してやる」眠りにつきながら、兄はそう告げる。

それからの最後の五日間は、いつもの日課に変化が生じた。兄はこれまでになかった真剣さでトレーニングに取り組み、そのあいまには筋肉を休ませて、目的の達成に向けて邁進《まいしん》する。食べものも三つに分けられることになった。集めた食料の半分は生存のために、シャツの切れ端をしっかり縛って作った袋に取り分けておく。残りの半分は、兄が三分の二、弟が三分の一の分け前だった。

兄は弟の精神状態をもう少し安定させることにもつとめ、長い時間をかけて、思い出を話したり大事なことを教えたりした。体力を消耗せずに歩くためにはどうすればいいか。口に入れてもいいものといけないもの。いつそれを食べればいいか。どうやって木の枝で寝床を作るか、休むときにはどんな場所を選べばいいか。家へ帰るためにはどの方角へ向かうべきかを、とりわけ念入りに教えた。穴の正確な位置がわからないので厳密なことは言えなかったが、森がどのあたりにあるかはだいたいの見当がついているから問題ないだろう、と兄は思う。

それに対して弟のほうは、これから起こることへの期待にわくわくしながら、それまで苦しんでいた錯乱状態をねじ伏せる力を発揮し、兄に言われたことを一言も聞き漏らさずに頭に刻みつける。疑問があればそのつど質問をし、乾いた木の根で地面に地図を描き、それを覚えこんだ。夜になると意識が混沌とし、自分はだれでどこにいるのかがわからなくなってしまう。それでも日中のおおかたは正気を保っていることができた。

夜明けを迎えたふたりは、無言で朝食を口に運ぶ。兄はウォーミングアップをして身体をほぐし、おまえもストレッチをしておけと弟に声をかける。弟は衰弱しきっていても、兄の命令にすなおにしたがう。それが終わると、ふたりは生存用の小袋をはさんで座る。

「そのときがきた。おまえが出ていくときが」

「うん」

「オレが言ったことは覚えているな」

「うん、全部」

「気分はどうだ？」

「緊張してる。ボクひとりで、できるかなぁ」

「だいじょうぶ、おまえならできる。オレと同じくらい強いんだぞ。もっとかもしれない」

弟は照れくさそうににっこりする。それでも深い悲しみを隠しきれない。

「兄ちゃんは？　どんな気分？」

「いい気分だ。おまえが出ていけるのが嬉しいよ」

「ボクも。でも出られるのは嬉しいけど、兄ちゃんを置いていくなんていやだ」

「心配するな。オレは問題ない。何日かすればおまえが来てくれるんだ。そのときは一緒に家に帰ろう」

「約束だよ」

「もちろん。おまえも約束だぞ」

「兄ちゃんがいてくれなくちゃ、何にもできないもん」涙をこらえて、弟は兄に抱きつく。

「だいじょうぶ、だいじょうぶだよ。さあそれじゃ、打ち合わせをしよう」

ふたりはどんなふうに身体を動かすかを、細かく確かめあう。始めの数秒にとるべき体勢、いつ身体の向きを変えて、ケガをしないように落ちるにはどうすればいいか、兄は弟に言い聞かせる。地面はあんなに高いところにあるのに落ちるんだ、と弟がふざけて言うので、その先に待っている行動の緊張がほぐれる。兄の指示はさらにつづく。午前が進むにつれ、言うべきことは言い尽くされて、太陽がそのときにふさわしい光と熱を投げかける位置へとのぼってくる。これ以上すべきことはない。あとは行動に移すだけなのだ。


兄の神経は張りつめている。チャンスは一度しかない。この一回にふたりの未来がかかっている。氷のように冷たいサソリが背筋を這いのぼる感覚をおぼえる。もしも失敗すれば――そのために準備してきた動きをひとつでもやり損ねれば、弟は死んでしまう。何週間もかけて毎日身体を鍛えてきたあいだに、弟は屍《しかばね》みたいにやせ細り、風が吹けば浮き上がってしまいそうなまでになった。執拗に練習してきた動きかたや回転のしかた、それをやり抜く決意……そのすべてが、やり直しのきかないたった一度の、向こうみずなこの一瞬にかかっている。

肉体にかける負担がどんな結果を招くことになるか、兄は承知している。身体がぼろぼろになるだろう。全力を出せば軟骨が粉々に砕け、筋肉は縄をほぐしたように裂け、血管も破裂して皮膚を青紫に毒々しく染めるだろう。肉体が内側から崩壊してしまう。ずたずたになった人形みたいに身体は捻じ曲がり、動くこともできなくなる。そのときはひとりになっている。そんな状態では、一日生き延びられれば奇跡と言ってもいい。もくろみがうまくいき、弟が無事に森を抜けて家に帰る道を見つけ、誓いを実行してからここへ戻ってくるとしても、それは何日も先の話になる。最善の結果が、あいつが生まれて初めて、オレには頼らずにひとりで生きていけるようになることなのだ。

「立て」弟に声をかける。

「もう?」

「ああ。これ以上は引き延ばせない」

「そうか。お別れだね？」

ふたりは胸をいっぱいにしてしばらく抱きあう。兄は弟のズボンのベルト通しに食料を入れた小袋を結びつけてやり、地面の一角を掘り返して、食べものが入っている母親の袋を取りあげる。横目でその袋を見ている弟は、忘れていた悪夢を思い出す。兄は袋を穴の外に放り投げた。上の地面に落ちた袋は、縫い目から腐ったチーズの甘い匂いを漂わせ、兄弟と同じようにカチカチになったパンやしなびたイチジクが粉々になってぶわっと周囲に舞いあがる。

「両手を出せ」

弟は両手をあずけながら、穴に落ちた最初の日を思い出す。過ぎた記憶がよみがえってくるが、いまのふたりはあのときのふたりとは違う。穴も以前と同じ穴ではないし、外の世界を隔てる距離も、昔といまでは違っている。ふたりは位置につく。兄は加速に耐えられるように足を開いて立ち、弟は引きずられないように片膝を地面につける。ふたりとも指の関節が白くなるほどしっかり手を握り合う。そしてもうなにも考えずに、くるくる回り始める。きれいに放り上げられるように、兄は少しずつ弟を地面から持ちあげていく。身体が手のひらひとつ分浮き上がり、もうひとつ回転すると手のひらふたつ分、その次にはついに水平になる。弟はぎゅっと目をつむり、歯茎が痛くなるほどあごを食いしばっている。回転はますます速くなり、それにつれて円周が広がっていく。回りすぎて息がつまり、力つきたように、弟はもう少しで地面に触れそうになるまで下降するが、斜めに円を描いてまた浮上する。そんな工程がもう二回くり返されたすえに、最後の回転で兄がよし、いまだ！　と叫ぶ。弟はぎゅっと目をつむったままその瞬間に手を離し、骨ばった彗星が地球から太陽へ駆け抜けるようにして飛び出していく。薄っぺらい身体を枝か弓矢のようにぴんと伸ばし、壁の木の根を越え、太陽をさえぎって兄の上に影をおとしながら、まだ回転したままで木の葉のように穴の向こうの草むらに落ちた。

柔らかい草の上で、弟ははればれとした笑顔になる。マーガレットの葉っぱ、石ころ、草のじゅうたんをそっと撫でていく。何もかもが違ってみえる。光のぐあいも、空気の香りも。森の匂いがする。遠くから漂ってくる果物の芳香を飢えたように胸に吸い込む。アーモンドの匂いだった。新しい色を身体に感じ、生まれて初めて息をする感覚を味わおうと、ごろんと身体の向きを変えてみる。たったいま生まれてきたみたいな気がした。涙が出てきた。

それから穴の縁まで這っていく。自分にかけられた魔法が消えてしまわないように。それに、足を滑らせてまたうっかり穴に落ち込んでしまわないように。頭を突き出すと、兄が見えた。奇妙な格好をして座っている。腕を背中のほうへ捻じ曲げ、投げだされた脚も、べつの身体にくっついているみたいだ。

「やったよ！」弟ははしゃいで呼びかける。

「ははは！　決まってるじゃないか！　オレたちはすごいんだ！　ケガはなかったか？」

「ちょっとだけ。でもだいじょうぶ。兄ちゃんはどう？」

「ああ、オレもどこも問題ない」

ほかに話すことがないので、ふたりはしばらく見つめ合う。ほんの数メートルでしかないのに、こんなに遠く隔たっていることが奇妙に思える。最初に口を開いたのは、弟だった。

「もう行ったほうがいいよね」

「ああ」

「きっと迎えにくるからね」

「ああ。しかしその前に約束を果たすんだぞ」

「うん」

「怖気づくなよ」

「そのことはずいぶん考えたんだ。こわくないよ」


弟は立ち上がり、母親の袋を拾いあげる。袋は穴から二、三メートルのところにあった。それから最後に兄の顔を見るために、穴の縁へ戻る。

「オレたちにしたことのために、殺すんだ」兄はそう言ってから、つけ加えた。

「オレたちを突き落としたんだからな。他人と思うんだぞ」


森や山、歩く道に兄の言葉が鳴り響くなかを、弟は去っていく。兄はひとり、穴の隅にうずくまり、これから何日もつづく拷問に身をゆだねる。そしてだれも聞く人のいない空間に向かい、泣き笑いに似た声で最後の言葉をつぶやいた。

「すだいだきよ……」

弟は夕方のオレンジ色の光を全身に浴びながらやってくる。そして抱えていた荷物をほっとしたように地面に投げ出した。リュック。縄が二本に小さなシャベル。杭が数本、狩猟用のナイフ。見えないへその緒に導いてもらえたので、帰り道を探すのに苦労はしなかった。

新しい目で眺めてみると、これほど美しい、死ぬのにふさわしい場所はないと思える。

弟はあいかわらず痩せている。その目も、見ることに疲れてしまったかのように眼窩《がんか》の奥に隠れ、頰骨も肉を切り裂きそうに尖っていた。けれども顔色はオリーブ色の血色を取り戻している。獣か人か見分けがつかない状態からは回復した。

穴へとゆっくりと歩いていく。一歩一歩に相応の重みをこめて大切にしながら、じょじょに縮まる距離をはかりつつ、足を進めた。穴の縁から二メートルまで近づいたところで、立ち止まる。まだ中は見えない。声もまだかけていない。もう一歩進む。まぶたの隅に、穴の底が光って見える。

最後の一歩を踏み出す。穴の縁に手をつき、身体を乗り出した。


この数日はとても奇妙な日々だった。家に帰る道を探すのに苦労したからというわけじゃない。迷いかけて何日か野宿したからでも、また熟した果物が食べられるようになったからでもない。兄が一緒にいないせいで心にできた空洞に苦しんできたからだった。まるで胴体を半分サメに食いちぎられたみたいで、内臓がむき出しになって垂れ下がっている醜い姿をみんなの目にさらすように、空洞を隠すことができず、どうどうとしていられずに、恥ずかしくてたまらなかった。

この数日はとても奇妙な日々だった。皮膚の穴という穴から恥ずかしさがぽたぽた滴《したた》り落ち、ほかの人と接するときはヌルヌルしていた。土を踏んで歩いて行くと、絶望に叩きのめされた工場、銅の鉱山、服従に支配された町、どこへ行っても、人びとがたじたじとなって道をあけた。弟の目のきらめきに耐えられる人がいなかったからだった。その目にはいまもなお、穴の底が映っていたのだ。それでも人びとは弟の羞恥心に、自分の恥を重ねあわせた。長年をぼんやりと過ごしてしまった醜態に恥じ入り、ひっそり群れ集まると、無敵の大群となって弟について歩き始めた。それは檻から出てきた男や女の群衆だった。

この数日はとても奇妙な日々だった。母さんにも会った。母さんは別れのときがくるのを知っていたらしく、声もあげなければ、抵抗もしなかった。なぜあんなことをしたのか、そのわけは聞かずにおいた。ただ後悔するそぶりもみせずに幸せそうに暮らしていたので、ボクの知らない事情があったんだと想像はついた。窒息させるのに使ったのは、穴のなかに置かれていたあの食料の袋だった。そんなおためごかしの施《ほどこ》しには一口も手をつけず、自分たちの精神は屈服せずに渇望に打ち勝ったことを、あの世にいく前に知っておいてもらえるように。

この数日はとても奇妙な日々だった。家のまわりをおおぜいの人びとが取り囲んで彼を待っていた。知らない人たちの視線を避けながら家にひとりでいるうちに、もう自分の家じゃないように思えてきたので、それに自分の心も以前にあったところから遠くはなれた場所にいってしまったことがわかったので、結局、出てくることにした。

「戻ってきたよ」穴に向かって呼びかける。

縄をほどき、端を地面に打ち込んだ杭に結ぶ。もういっぽうの端は腰に三回、右と左の脚のつけ根に、一回ずつまわした。周囲には森を超え、果てしないかなたまでつづく群衆が無言でたたずみ、弟の儀式を見守っている。弟はもう一本の縄を穴のなかへと投げ入れ、穴の縁に腰をおろす。胸に咲いた約束の花が兄の死を超えてなおも増えつづけているあいだにも、頭上では夜が暗黒の時代に終わりを告げながら、扉を閉じていく。弟はどうしようかと考えている。縄を切って穴に落ちようか。季節が移ろい、記憶を覆い隠してもらえるように。それともやっぱり、蜂起の証とするために、腐乱した兄を引きあげたほうがいいだろうか。その記念日が足音やもの音を響かせて、闇を照らしてくれるように。明日になればみんながこの禍々《まがまが》しい夢から目覚め、海の波濤《はとう》を思わせる勇気をもって、口を封じこんできた四方の壁を押し流し、奪われた場所をとり戻して、自分の言葉をしゃべる日が戻ってくるように。

謝辞

この本は前作と同様に、おおぜいの方がたにご協力をいただいて上梓することができた。これが最後の機会になるかもしれないので、いろいろなかたちでご支援くださった皆さまに、この場をお借りして感謝を申し上げる。

地に足をつけて何段階も向上していくことを教えてもらえた、両親のラファエルとニエベス。

ぼくに惜しみない信頼を寄せてくれた妹のアドリアナ。

近くで、または遠くで原稿を読み、助言をくれた旧来の友人たちの、イサス、ハイメ、アドリアナ、ペレ、アンヘラ、サンティ、ヘスス、ガルデル、イゴル、アダ、アンヘル、パブロ、ラファとマリオ・パレティス。

最初の熱烈な読者になってくれたペドロ・デ・イペルボレ。

ぼくの作品を販売してくれた勇気あるバレンシアの書店と広報に努めてくれたガイア、シャラカブラ、ラモン・リュル、スローターハウス（とシェフ）、オディセウ、コセチャ・ロハ。

カンタブリアと地中海の家族。

ぼくの作品に目をとめ、夢を生きさせてくれたリブロス・デル・シレンシオの方方、特に編集者のゴンサロには特別に感謝している。また、（遡及《そきゅう》すれば）イレネ、マルク、パブロがぼくに向けてくれた友情と敬意、そして何週間もの作業にとり組んでくれたことも忘れられない。みんな、稀有《けう》な才能の持ち主である。

コルド・アスアにも、道を照らしてくれたお礼をしたい。

そしてアナ・クリスティーナ、キンタ・ダ・レガレイラの館に始まった日からだれかがこのページを読んでくれている今日まで、とうてい書ききれない理由をもって、ありがとう。

文庫版訳者あとがき

寓意と暗喩に満ちた、大人の童話である。

なんと気味の悪いぞっとする話なのだろう。ページを繰りながら、そう思わずにはいられない。登場するのは名前も年齢もわからない兄と弟のふたりだけ。人里はなれた森のまん中で、ふたりはすり鉢を逆さまにしたような深い穴に落ちてしまう。外界から遮断された世界に閉じ込められ、どうあがいても外には出られない。絶望の淵《ふち》に沈みながらも、絶対に出てやるというゆるぎない意志を糧《かて》にして一日、また一日と生き延びていく物語だ。

ところが、である。暗澹《あんたん》たるシーンがつづくにもかかわらず、最後まで読んでみると、ぽっと小さな灯がともったような読後感が余韻《よいん》を響かせてくれる。心の琴線《きんせん》を震わせる、言葉にならないものが伝わってくる。

それは、サン＝テグジュペリが「いちばん大切なものは目に見えない」と『星の王子さま』に書いたような、大切な何かなのだろう。本作は書評の多くでアルベール・カミュやサミュエル・ベケットの思想に通じるものがあると評されている。生きる意味について考えたカミュは、人間は不条理を引き受けてこそ生きるに値するという答えを得て、いくら押し上げても転がり落ちてくる岩を繰り返し山頂に運ぶギリシャ神話のシジフォスを例にとり、「幸福なシジフォスを思い描かなくてはならない」と言っている。その観点で考えるとすれば、穴のなかのふたりを一概に不幸とは言えないのではなかろうか。著者はこの本について「哲学者の視点を重ね合わせるのもいいし、現代社会の閉塞感から抜け出そうとする人びとを読み取ってもらってもかまわない。いろいろな角度から読める本なので、どのように読むかは読者の自由におまかせしたい」と語っている。

著者のイバン・レピラは一九七八年生まれのスペインの作家である。本作はデビュー作の一年後（二〇一三年）に刊行された第二作にあたり、日本語のほかにイタリア語、フランス語、英語、韓国語、オランダ語、ルーマニア語、ペルシャ語に翻訳されて国際的に好評を博した。そののちも小説二作を発表し、アンソロジー三冊に作品を寄稿している。読み進むほどに味わいが増してくる本作の魅力については説明するまでもないが、読み込みを深めていただけるようにいらないお世話を焼いてつけ加えると、次のような読みどころが挙げられそうである。自由に解釈する楽しみを奪ってしまう内容なので、未読の方は回れ右をして、本編を読み終えてからお目通しいただければと思う。

巻頭題辞の、サッチャーとブレヒトの言葉

これらの言葉の背景には、刊行時にスペインが見舞われていた深刻な経済危機があるのではないだろうか。二〇〇七年には八％だった失業率が二〇一三年（本作の初版が刊行された年）には過去最高の二六％にはね上がり、若者の二人に一人が失業に追いこまれる切実な事態におちいっていたのだ。

「内側からの革命」

二〇一一年五月十五日、失業者、移住労働者、年金生活者、未来に希望を失った大学生や若者らの「怒れる民衆」が、ＳＮＳを使った呼びかけに応えて大規模なデ

モを行い、マドリッドの中心地にある広場を二か月近く占拠した。スペイン全土に拡散し、十万人を超える市民が立ち上がったこの運動は「十五M運動（キンセエメ）」と呼ばれ、南欧やアメリカのニューヨークにも飛び火して広範に市民運動を触発した。著者は、「三時間ばかりデモに参加してから帰りがけに一杯飲みにいくような姿勢では、何も変わらない。革命は何年もかけて内側から起こるものでなくてはならない」と語っている。

「穴」という象徴と人間のアーキタイプ

入り口から底に向かって広がっているピラミッド状の穴。穴の底に閉じ込められたふたり。ピラミッドの底辺にいる人びとの重圧を象徴しているのだろうか。哲学者カール・ポパーやフロイトなど多くの人が、「開かれた社会」や「閉じた空間」を考察している。名前も明かされない対極的な兄と弟は、社会を構成する人間のアーキタイプ（原型）なのだろう。現実を見据えて実践的に支える者と、現実を突きぬけてさらなる高みへと引き上げる観念的な者の違いなのだろうか。

章立ての数字の意味。その一

「数字なし」から「97」まで、各章の数字がすべて素数になっている。素数には終わりがない。永遠に続く……。

章立ての数字の意味。その二

「三日目に入ると」「穴に落ちて一週間が経った」「閉じ込められたままで月の満ち欠けがひとまわりする期間」。各章の数字には意味がある。

章立ての数字の意味。その三

冒頭の章には数字がない。最終章は97で終わっている。97は2桁の整数では最大の素数。「この穴は子宮で、ボクたちはこれから生まれようとしているんだ」という弟の言葉や、ファンファーレが鳴り響くような高揚感にあふれた終幕をふまえると、この数字にも象徴されているものがあるのだろうか。

兄弟の関係

「ときどき、オレたちは本当の兄弟じゃないと思うことがある」このセリフは何を意味しているのだろう。父親然とした兄の態度。兄はもしかしたら……。それとも、母には弟が生まれるころから入り組んだ事情があったのだろうか。

極限状況

カミュは『ペスト』で、不条理な世界を行動で変える連帯を描き、ペストと闘う唯一の方法は誠実さであり、自分の職務を果たすことだと書いている。当時のヨーロッパと同じような極限状況にある穴のなかに、誠実さ、職務を果たす、という言葉を重ねてみると、形容しがたい大切なものの一端がかいま見えてはこないだろうか。

言葉の謎々

お次はいよいよ驚きの仕掛けについて。なんと本編には暗号が隠されているのである。ヒントどころか謎解きが用意されていることすら、スペイン語の原作はひとことも触れていないというのに。スペインの読者が暗号を見つけたとブログに書いているのを読んだときの驚きといったらなかった。しかも自力でそれを読み解いたという。そういうことであるから、手がかりゼロでも解けないことはないはずなのだが、せめて糸口をつかめるようにほんの少しだけ手がかりを示しておく。

本文中に隠された暗号を読み解くと、ある文章が浮かび上がってくる。この本の重要なメッセージを伝える文だ。とっかかりになるのは、64頁で弟が口にする「数字にはひとつひとつ、対応する言葉があるから、そのうちに数字だけでものが言えるようになるんだよ」というセリフ。答えは本のなかに示されている。どうぞお楽しみあれ！

だれにも教えずにこっそり暗号を忍ばせておくほどの心憎い著者なので、寓意を潜ませたところは他にもいろいろあるだろう。大きくて強い兄と繊細でか弱い弟の純粋さ。幻想と現実が交わるところ。人としての尊厳。声を上げるということ。誠実であること。笑えるということ。大人になると失われてしまうもの。すべてが奪われた状況で大切にすべきもの。不条理のなかでの幸福。

寝かせるほど美味しくなる極上の古酒のように、読み返すたびに新しい発見に出あうことができるのが、この本のすてきなところだ。人一倍、いや控えめにみても五倍ほどは熟読したはずの訳者までが（これを書いている本人ですが）、文庫化にあたって六年ぶりに読み返してみると、またもや新たな気づきが得られたほどである。現代版『星の王子さま』のほろ苦さと美しさを、あなたはどんなふうに受け止めるだろうか。

#『深い穴に落ちてしまった』副読本

西崎　憲

本書はスペインのバスク州ビルバオ出身の作家イバン・レピラの小説 *El niño que robó el caballo de Atila* の全訳である。

二〇一三年に沈黙《シレンシオ》書店から刊行された原著は、さまざまな側面をそなえていて、民譚、寓話だという者もいれば、散文詩や哲学の語で評する者、社会小説、幻想文学であると解釈する者もいる多面的な作品である。日本語、英語ほか多数の言語に翻訳され、評価はひじょうに高い。

文章には奥行きがあり、死や暴力の描写に厚みがあり、象徴性も効果的なので、多くの人の記憶に浅くない痕跡を残すはずであるが、終始詩的な間接性をもって語られるので、どのあたりに魅力があるか指摘するのは簡単ではない。すべての読者が理屈でわかりたい、解釈したいと望んではいないだろうが、いい映画を見終わったあとのようにあれこれと話したくなる作品なので、本稿ではそのための素材をいくつか提供できればと思っている。解説というよりは副読本といった趣のものになるはずである。

イバン・レピラ（Iván Repila）は作家、編集者、詩を専門とする出版社マスメドゥラ・エディスィオネスの共同設立者である。そして各種会議から舞踊《ぶよう》、音楽にわたる幅広い文化的イベントの企画者・実行者であり、人権など社会的な問題への関心も深い。つまり実践者かつ仲介者《インターミディエイター》という貴重な存在である。

生年は一九七八年であり、日本の作家でいうと津村記久子、坂口恭平、宮内悠介、藤野可織、今村夏子などと同年代であり、海外ではチママンダ・ンゴズィ・アディーチェやカレン・ラッセルと同じ世代ということになる。

本書においてまず目につくのは設定の簡潔さだろう。なにしろ舞台は、七メートルの深さの穴のなかにほぼかぎられるし、登場人物は兄弟がふたり、プロットは穴から脱出するだけである。短篇ならいざしらず、短めとはいえ長篇ではさすがに単調になるのではと考えるかたもいるかもしれないが、その心配は杞憂《きゆう》である。

たしかに小説の舞台として「穴」は狭く小さい。けれどそのなかにふたつの心が入ったとしたらどうだろう。人の精神というものはもちろん狭いものではない。しかもそれがふたつである。くわえてひとつの心は中心から外れていく動きをしている。中心から外れた心はどこへいくか？　たぶんそれは果てなどないところに向かうだろう。狭くなるはずはないのだ。逆に気づかされたのだが、むしろ現代の小説は空間恐怖症さながらに舞台を隅々まで意味や内容で埋めようとしすぎるのではないだろうか。

1　インタビュー

原著の英訳はソフィー・ヒューズがおこなっている。同氏はスペイン、メキシコ、南米文学の翻訳者である。英訳題は原題を活かした *The Boy Who Stole Attila's Horse* であり、原著刊行二年後の二〇一五年に刊行されている。

文学の振興を世界的規模でおこなおうとしているサイト Words Without Borders にレピラのインタビューが掲載されている。インタビュアーはヒューズが務めている。

ヒューズはまず英訳にたいする評が一様ではないことを述べる。グリム童話、民話、寓話、ベケット的、スペインの経済危機の寓話化といった文言をヒューズは紹介し、レピラ自身はこの作品をどんなものだと考えているか尋ねる。

レピラはさまざまな読み方があることを当然のこととして、それから元になったアイディアは夢からきていると明かす。

「睡眠に問題があってわたしは毎週悪夢を見ました。そして子供のころからアンドレ・ブルトンのように内容を覚えているので、寝るときにはいつもメモ帳とペンを横に置きます」

レピラは脱出方法が突飛なものであると考えているようで、その脱出法も夢でみたままであるという。

スペイン経済危機の寓話であるという説をレピラはやんわりと退けている。

レピラはスペインの経済危機の話を敷衍《ふえん》し、危機がスペインのみならずヨーロッパ全体に蔓延《まんえん》するものであり、それは経済的というより道徳的問題であると述べる。

「わたしはしばしばヨーロッパが恥ずかしくなります。ヨーロッパは偽善的で冷酷だと思います」

そして「憎悪に染まった恥ずべき遺産をまず洗い流す」べきだと言う。

ヒューズのつぎの質問は先述した本書の設定の簡潔さについてである。フランスのある批評家が書評のなかで、簡潔過ぎることは危険な状況を招くと述べているが、その点についてどう思うのか、ヒューズは質問をする。

レピラはそれにたいしては、作者としての自分が望む形になっている、本自体が望んだ形になっている、と答える。

つぎにヒューズは弟の言語的錯乱をナンセンスとして捉えたらいいのか、それとも深甚《しんじん》な語列、哲学や詩的象徴と考えればいいのかと尋ねる。

知恵の言葉であるのか、妄想の言葉であるのか、弟にはまずそれがわからないとレピラは答える。そしてその認識のないこと自体によって、弟の言葉はきわめて鋭利に見えたり逆に鈍感に見えたりするのだとつづける。加えて境界上にあることによって弟の発話が意味を持つと述べる。

さらにヒューズはなぜふたりに名前がないのかと訊く。レピラが返した言葉は以下である。

「それはふたりが原型《アーキタイプ》だからです。わたしはいつも二種類の人間がいることによってこの世界が回ってきたと考えています。夢を見る者と目覚めている者、あるいは地面に足をつけている者と地面に足をつけていない者、もしくは詩人たちと数学者たち。そういう二種類の者が世界を回してきました。わたしたち人間はそんなふうにやってきました。社会を進めていくためにはどちらのタイプも必要だと確信しています。そして現実の生活ではふたつは混じる。わたしの本のなかでは混じらない。きわめて明瞭にわかれている」

2　数字と神秘主義

ヒューズのインタビューは興味深い。すこし残念だったのは数字にかんする質問がないことだった。

設定の簡潔さのつぎに本書の大きな特徴に見えるのは、章番号が素数になっていることではないかと思う。章番号は以下のようにつづく。

2、3、5、7、11、13、17、19、23、29、31、37、41、43、47、53、59、61、67、71、73、79、83、89、97

素数は1か自分と同じ数でしか割ることができない、言い換えると、正の約数が1と自身のみである。

素数は作家や詩人の想像力を刺激するらしく、レピラもこのような形で数字を利用しているのだが、インタビューでは詩人と数学者を二項対立にしていて、そのあたりの考えはもうすこしくわしく知りたいと思う。

本書には明らかに象徴主義的な傾向がある。そして象徴といえば数字は象徴の王様と言えるのではないか。

宗教や神秘主義はほぼ象徴だけでできているような印象があるし、数字にかんして言えば、たとえばカバラの10や22といった数字の扱い、キリスト教における7、8、666に与えられた意味を見ると、重要さは明らかである。だから象徴主義の小説が数学的になるのは当然なのかもしれない。

作品中で大きな役割を果たすのは素数の章番号だけではなく、弟がいきなり口にする数字の列にも意味がある。その数字は暗号になっている。本のなかの文字の位置を示していて、示された文字を繋げると文章が現れる。
その試み自体には複雑性はそれほどないが、フィクションである作中人物が現実のものである本の構造に言及する作法は魔術的である。

3　想像力と夢と現実

この作品は幻想文学のジャンルに含めたとしても間違いではないだろう。空想や幻想は頻出する。すこし引用しよう。

弟はまわりを見回す。道ばたで眠りこんでいる人たち。しゃべる花と遊んでいる女の子たち。おなかの育児嚢《いくじのう》に赤んぼうを入れて運んでいる男たち。兄と同じように、穴を脱出する道具をこしらえている人たちは、スレートの船をつくったり、雲の塔を建設したり、地上最後の竜の骨で射出機をつくったりしている。

このような幻想の描き方はシュールレアリスムを思い起こさせる。レピラの作品はカミュと結びつけられることもあるし、インタビューにはアンドレ・ブルトンの名前が現れる。

本題からはずれるが絵画においてはゴヤ、ホセ・エルナンデスなど目眩《めまい》を覚えるほどの優れた幻想に溢《あふ》れているのに、スペインの文学には想像力を前面に打ちだしたものはほとんどない。不思議なことである。

幻想文学には想像力と夢の関係で成り立ってきたような傾向があって、想像力による幻想には意思が入るのだが夢による幻想には意思が入らない、そして幻想小説は意思のバランスによって大きく様相を変える。

弟は夢を見る。兄は夢を見ない。レピラはそう説明する。だがほんとうだろうか。兄は夢を見ないのだろうか、兄が考えている「復讐」のようなものは夢ではないのか。現実的な願望ということなのか。では「社会の理想」のような言説はどうなのだろう。社会的な行動は夢ゆえになされるのではないだろうか。それとも兄の夢は夢ではあるが、昼の夢なのか。レピラは昼の夢と夜の夢を峻別《しゅんべつ》しているのか。

兄がもし夜の夢を見るとしたらそれはどんなものなのだろう。

4　いくつかの図式

もっとも大きな謎はおそらく母親である。

ふたりを突き落としたのは母親ではないかと何度か示唆《しさ》される。穴のなかのようすをうかがう影は母親で、弟は結局母親を殺したのだろうか。

作者はそのことにかんしてははっきりと書いていない。一番重要なことははっきりとは書かれない。おそらく一番重要であるがゆえに。

穴に落ちて間もないとき、兄は袋に入った食料に手をつけない。それは母親に食べさせるためで、母親への愛情ゆえの判断のように見える。

けれど進展につれてその見方は揺らいでくる。

食料を食べないのは、母親のためではないのではないか。もしかしたら自分たちのために食べないのではないか、そういう解釈が現れてくる。

食べないのは食べないことによって母親の力から逃れるためではないのか。

結末が近づくにつれて母親が復讐すべきものであり、打ち倒すべき存在であるということが明らかになっていく。もしかしたら母親と社会はイコールなのだろうか。しかし、そのことがはっきりする日はたぶんこないだろう。言えるのは以下のことだけである。

生き残ったのは目覚めているほうではなく、夢を見るほうだった。

図式としては、夢の力が復讐を、あるいは打倒を果たす可能性を持っているということになる。

イバン・レピラはTwitter（@IvanRepila）でも発言している。今後の動向を注視すべき作家だろう。

ウェブのインタビュー
https://wordswithoutborders.org/read/article/2015-11/ivan-repila-an-interview-with-sophie-hughes/

冬のさなか、私は悟った。
自分の中には無敵の夏が宿っていることを。
——アルベール・カミュ

群衆
は立ち上が
れ
そうでなければ
穴のなかで灰になるだろう

本書は二〇一七年に小社から刊行された作品の文庫化です。

検印
廃止

訳者紹介　翻訳家。訳書にオルドバス「天使のいる廃墟」、パストル「悪女」、レドンド「バサジャウンの影」、マリアス「執着」などがある。

深い穴に落ちてしまった

2023年4月28日　初版

著者　イバン・レピラ

訳者　白川貴子

発行所　（株）東京創元社
代表者　渋谷健太郎

162-0814/東京都新宿区新小川町1-5
電話　03・3268・8231-営業部
03・3268・8204-編集部
URL　http://www.tsogen.co.jp
DTP　フォレスト
暁印刷・本間製本

ISBN978-4-488-57503-8　C0197